LE TUBE DE COOLIDGE

www.editions-jclattes.com

Sonia Hanihina

LE TUBE DE COOLIDGE

Roman

LA GRENADE
JC Lattès

Conception graphique de La Grenade : Sarah Kahn
Illustration et maquette de couverture : Julia Bourdet

ISBN : 978-2-7096-7025-8

Première édition : août 2024

À Lola et Sasha, princesses au front immaculé,
À ma mère, pour ma mère,
À Bruno qui m'a rendu le souffle,
À Mehdi, où que tu sois,
À S.C. qui a percé les silences.

Regarde alentour, vois,
comment ce qui t'entoure devient vivant –
Par la mort ! Vivant !
Celui dit vrai, qui parle d'ombre.

Paul Celan, « Toi aussi parle »,
in La Rose de personne, 1963

PROLOGUE[1]

Je tiens, scellé dans un coffre, le corps en pièces de ma mère. Dissimulés sous une pile de vêtements colorés, à l'abri des regards, du mien surtout, dans un grand sac en papier fort d'une enseigne de luxe, des clichés radiographiques sommeillent. Le corps souffrant ne s'exhibe pas. Dans une fébrilité inquiète, je guette leur message opaque. Ces intérieurs, amas blancs et noirs, affichés sur le négatoscope ne s'offrent qu'à l'expert. Il me plaît pourtant de heurter aux silences ce projet impudique. Dans mon armoire et dans mon cœur, ces radios attendent que je leur donne la parole.

J'ai longtemps cru que je n'avais rien à dire. Je n'avais pas de souvenirs d'enfance. Comment faire surgir les images quand on a grandi derrière des cloisons à redouter des cris et des soupirs ? Et puis, je suis tombée sur ces radios. Ce fut comme une révélation. Devenues

1. Le tube de Coolidge est un dispositif permettant de produire des rayons X. L'imagerie médicale est une de ses principales applications.

cartes à explorer, territoires à parcourir, ces pellicules rectangulaires ont fertilisé ma mémoire. J'ai interrogé leurs ombres et ravivé, par fragments, les souvenirs de douleurs tues. En les découvrant, gondolées comme sous l'effet du soleil, les mots ont cillé. Mes textes fragmentaires sont devenus tableaux, tentatives pour faire surgir du néant des hommes et des lieux, la terre dont je viens, Tunisie longtemps fuie dont je refusais l'héritage.

Ce livre est mon album de jeunesse, ma discothèque, mon reliquaire.

PREMIÈRE PARTIE
S'ENVOLER

L'air est noir. De grands rectangles fins crissent sous mes doigts. J'extrais lentement les radios des enveloppes brunes où elles sommeillent depuis un temps que je me refuse à dater. Elles se déploient dans un bruit sec mais ne se froissent pas. Quelques petits plis blanchâtres à leur surface rappellent d'anciennes manipulations. Je les superpose. Au hasard, je saisis l'une d'elles que son inhabituel format A4 a isolée des autres. J'étudie chacun de mes gestes pour ne pas laisser d'empreinte. J'écarte mes mains à la bonne distance ; je cale le cliché sur la fenêtre. Je m'applique. Le paysage enfin étale son arrogance muette.

À mon front se creuse une ride profonde. Comment s'orienter dans cette étendue grise, où je peine à distinguer les reliefs, les côtes et les flux ? Dans ce territoire dévasté, je cherche du connu. Dans l'opacité se devine un chemin mais bientôt une épaisse nappe de brouillard m'égare. Je guide mes yeux plissés vers un autre passage. Je progresse lentement. Je voudrais distinguer et reconnaître un sentier familier dans cet amas d'images silencieuses. À mesure que je m'enfonce dans les tissus mous, quelque chose se noue dans ma gorge. Je devine la chair meurtrie. Le monde que je foule est amer et salé.

Mes yeux s'usent dans la quête. J'arpente désormais une crête blanche. C'est plus dur sous mes pas. Mais qui sait ? Une crevasse peut-être s'est formée pour enfouir mon aventure et la rendre définitivement au silence. Je voudrais me suspendre. Là commence ma pérégrination. Je retiens mon souffle.

Une clé mystérieuse se révèle sous mes yeux. Je reconnais, blanche et friable sur les clichés radiographiques que mes yeux interrogent, la clavicule crayeuse d'une femme fracturée par la colère d'un époux. Clé de voûte, édifice vacillant, presque effondré que je sors de la nuit. Arc-boutant de l'épaule, j'élève mon regard vers cet os long et plat recourbé en ses extrémités. Mes yeux se penchent au-dessus du vide ; l'unique point d'attache du membre supérieur avec le squelette axial est rompu.

Je prends garde à ne pas tomber dans le corps de ma mère. Ne pas ensevelir ses os sous mes larmes. Ne pas ajouter ma douleur à la sienne. Rester debout malgré l'inconfort et poursuivre ma découverte. En chemin, je m'installe dans un sillon du muscle subclavier. Je m'égare dans la pénombre. Je me hisse bientôt en dehors de la gouttière, une surface rugueuse oblique d'avant en arrière et de dehors en dedans, la ligne trapézoïde est mon tremplin.

1.

Avril 1984

Doit-elle également retirer ses sous-vêtements ? Le coude droit qu'elle peine à plier frôle le mur de la cabine étroite où elle se dénude. Elle fait glisser la jupe à ses pieds. Une voix dans son dos interrompt son hésitation. Alors, elle s'imagine que c'est comme à la piscine.

Vêtements et sous-vêtements, le verdict est tombé, resteront là avec tous ses effets personnels. La femme lui tend une blouse, l'aide à l'enfiler, lace le nœud dans son cou et la conduit dans une pièce obscure. Pieds nus sur le sol, ni odeur de javel, ni bassin bleu. Pas de maître-nageur à qui demander une planche ou des brassards. Pas de plongeoir. Un marchepied. Une table. Tournez-vous, madame, de ce côté.

2.

Juillet 1966

Elles avaient d'abord choisi la Sicile. Pour sa chaleur, ses hommes bruns, ses mystères, sa rudesse et ses églises au plafond desquelles les saintes des rosaires, dans des poses lascives, invitent à la prière et au péché. « Et puis non, ce sera la Tunisie ! » a décidé Cathy, l'amie de toujours. C'est plus exotique. L'été 1966, les clameurs des anciennes colonies se sont tues. Les complexes hôteliers ont poussé sur les côtes. Les médinas et les souks inondés de soleil attrapent les touristes et assurent de nouveaux revenus à cette terre d'oliviers et de piments.

Elles ont égrené chaque jour du mois de juillet, l'une derrière sa paillasse de laboratoire à l'École vétérinaire d'Alfort, l'autre au guichet de la poste de la rue Lecourbe, Paris 15e. C'est long, trente et un jours, quand le corps se rêve suspendu à celui d'un beau Tunisien.

Jeanne descend quatre à quatre les escaliers de l'immeuble. Arrivée dans le hall, elle sort de son sac son petit miroir et recouvre ses lèvres d'un rose extravagant, recourbe les cils courts et noirs, souligne d'un trait d'eye-liner le regard qu'elle veut profond. Elle enfourche son solex et file dans la circulation. Sous l'effet de la vitesse, sa courte jupe se soulève pour découvrir ses jambes fines.

Son regard plonge dans les boîtes de Petri où s'agitent les cellules qu'on a mises en culture. Les démosponges des îles Kerkennah[1] remplacent les bactéries sous son microscope. Elle plonge en Méditerranée. Elle écarquille les yeux derrière son masque. Légère dans l'étendue bleue. La pointeuse indique 18 h 07. Les heures n'ont pas la même densité quand on explore les fonds sous-marins.

---

1. Les îles Kerkennah sont un archipel tunisien de la Méditerranée.

3.

Avril 1984

Il lui faut l'aide de l'infirmière pour se tourner. Quand le coccyx saillant rencontre la table métallique, c'est dur et froid. Dans l'obscurité de la salle de radiologie, elle peine à distinguer le regard de la femme en blouse blanche aux gestes lents et précautionneux. Surtout, ne pas lire de pitié. Derrière un rectangle lumineux, une silhouette disparaît à intervalles réguliers. Ne respirez pas. Respirez. Elle concentre son attention sur une espèce de ronronnement métallique que les flashes viennent interrompre. Le rayon X s'approche puis s'éloigne lentement.

Son corps pantelant exposé là fait jaillir ses larmes. L'une d'elles s'attarde sur sa pommette blessée. Elle ne se savait plus capable de pleurer.

4.

Août 1966

« *Madame, monsieur, en vue de notre atterrissage nous vous invitons à regagner vos sièges et à attacher votre ceinture. Le temps à Tunis est ensoleillé et la température est de 37 °C.* »

Le tarmac ondule sous l'effet de la chaleur. Il faut maintenant s'entasser dans un petit bus pour rejoindre le hall de l'aéroport où les tapis noirs déroulent leur improbable chargement. Gonflées, les valises qu'on a eu peine à fermer ont craqué sous l'effet d'une manutention brutale. Les taches d'un liquide jaunâtre, une crème solaire peut-être, font craindre des dégâts. Et de fait s'amoncellent des sacs éventrés, de grosses cantines de fer, des objets empaquetés aux formes insolites. Jeanne reconnaît la sienne. Elle est lourde ; elle rapportera, c'est sûr, un sac de cuir avec une main de Fatma sur la fermeture.

Ensuite, les gazelles sont conduites par un chauffeur vers l'hôtel où commence leur séjour tunisien. Aujourd'hui, elles profiteront de la piscine. Mégara, les faubourgs de Carthage et les jardins d'Hamilcar peuvent bien attendre.

5.

Avril 1984

EXAMEN CLINIQUE

Au plan cardiovasculaire, il n'y a pas de signe fonctionnel. L'auscultation est normale sans souffle ni frottement, tous les pouls sont perçus et symétriques. La pression artérielle est à 120/65, la fréquence cardiaque à 65 bpm.

Au plan respiratoire : patiente eupnéique. L'auscultation pulmonaire est normale, pas de matité ni de tympanisme anormal. Il ne semble pas y avoir d'épanchement pleural gazeux ou liquidien. Il n'y a pas de cyanose, ni de sueurs.

Au plan neurologique, on note un TC + PCI. La patiente est consciente, Glasgow 15 (bonne orientation temporo-spatiale). Paires crâniennes normales, pupilles intermédiaires, égales et réactives. Pas de signe de localisation, pas de déficit sensitivo-moteur. Pas de sd cérébelleux.

Au plan lésionnel, on note :

— impact crânien (coup porté par le conjoint ? avec quoi ?) avec léger céphalhématome de la région fronto-temporale droite
— excoriations du cou avec contracture réflexe cervicale
— douleurs dorsales paravertébrales diffuses sans anomalie des reliefs osseux
— douleurs de l'éminence thénar G
— plusieurs ecchymoses sur les bras et avant-bras droits (face externe du 1/3 moyen du bras D et de la face antérieure du poignet droit),
— ecchymose de la cuisse G
Au total : TC + PCI, contusions multiples, fracture clavicule D. CMD à faire !

6.

Août 1966

Ô serments ! ô parfums ! ô baisers infinis[1] *!*

Il faut avouer que tu es séduisant. Le français que tu parles en roulant les *r* transforme en déclaration chacune de tes paroles. La chance de Jeanne, c'est de s'être inscrite pour l'excursion à laquelle Cathy a préféré la baignade sous l'œil aguicheur du maître-nageur. Elle rit : « les ruines ne m'inspirent rien, je ne suis pas romantique, je vis dans le présent, mon présent porte un joli t-shirt qui rehausse mon teint mat et je souris quand je nage la brasse indienne. »

Jeanne entre dans la lumière tunisienne comme les peintres avant elle. Les couleurs la possèdent. Dans un éblouissement, elles se diffractent puis les volumes disparaissent. Plates, les maisons blanches sur la colline de Sidi Bou Saïd, leurs fenêtres de fer forgé à peine ourlées

1. Charles Baudelaire, « Le Flacon » *in Les Fleurs du mal*, 1857.

de torsades bleues. Rectangulaires, les étalements des tapis, jets lumineux sur les remparts et les façades de chaux. Jeanne traverse la ville dans un rêve. Une petite porte s'ouvre sur un cercle de femmes assises sur de fines nattes à même le sol. Le tintement doré des bracelets à leurs poignets accompagne le chant des tisserandes et le va-et-vient des navettes sur les métiers. Poissons, canards et dromadaires vivent dans le secret des plis des tissus. De leurs mains couvertes de henné s'envole parfois un oiseau dans un ciel rouge datte, parfois des bijoux berbères comme autant de lunes dans l'azur. *Voilà le sens du moment heureux.* Au café des Nattes, Jeanne s'enivre d'un kawa à la fleur d'oranger.

Puis Carthage se devine dans les décombres. La lointaine silhouette d'Élissa sa fondatrice, saisie au hasard des mosaïques décolorées, étonne le regard. La Tunisie prend maintenant le visage de cette veuve qui dressa la ville neuve sur le souvenir de son défunt mari. Jeanne gravit quelques marches. Au loin, Tunis plonge son regard dans la couleur. Entend-elle murmurer André Gide, Georges Bernanos ou Paul Klee entre les parois ensoleillées du Jebel Manar[1] en surplomb sur la mer ? Songe-t-elle que saint Louis y vint mourir lors de la huitième croisade ? Les mots de Yacine lui tiennent un autre langage, et le soir dans son lit, elle t'entendra longtemps roucouler.

---

1. Nom arabe de la colline au cœur du golfe de Tunis qui deviendra Sidi Bou Saïd au XIXe siècle.

Vous vous êtes évadés. Tu as raconté la maison du Bardo, son mimosa accueillant, le grand jardin derrière et la terrasse où tu passes tes nuits à l'écart des huit frères et sœurs dont tu es l'aîné. Tu as récité Baudelaire. Tu aurais voulu étudier la littérature mais tes professeurs t'ont détourné de ce projet fantasque.

Tu seras médecin. Guider les touristes dans les ruines de Carthage, c'est ce que tu as trouvé de mieux pour financer tes longues études. Et puis ce boulot d'été, c'est la chance de pénétrer des lieux interdits aux autochtones. Les hôtels luxueux et les abords des plages se refusent aux Tunisiens. On regarde de loin ces femmes à la peau blanche et ces hommes aux épais portefeuilles qui ont fait graver des plateaux de cuivre en négociant chaque dinar. Les rêves et l'amertume se chevauchent. Ton plus jeune frère, Kamel, n'a jamais tenu ni couteau ni fourchette, mais tes mains à toi, Yacine, sont adroites. Tu as appris dans les livres. Vous avez fait l'amour sur la banquette arrière du bus. *Demain, vous plongerez dans de froides ténèbres et direz adieu à la vive clarté de vos étés trop courts.* Mais ça, vous l'ignorez.

7.

Septembre 1966

Chaque jeudi ouvre une attente fébrile. Dans le hall de cette tour d'Orly s'alignent les boîtes aux lettres de métal. La plupart ne se rempliront que de factures ou de prospectus qui invitent à meubler pour pas cher les appartements où, à l'écart de la ville, se vivent de nouvelles misères plus souvent que des rêves pavillonnaires.

Square Savorgnan-de-Brazza, c'est là que les parents de Jeanne avaient fini par obtenir un trois-pièces après des années d'errance parisienne où, de loges étroites en arrière-boutiques, ils ont traîné leur vie de petits commerçants. Gérard, le fils aîné qu'ils avaient confié aux bons soins des grands-parents pendant la guerre, n'a pas voulu quitter la campagne une fois la paix revenue. À la ville il a préféré les parties de chasse et aux études, l'apprentissage. Il sera fraiseur. Un drôle de mot pour une activité qui ne l'est pas. Ses mains se sont épaissies et il a lâché à jamais le clairon dont il était si fier. Ses lèvres n'ont plus jamais pincé le métal, elles ne se sont plus entrouvertes que très rarement.

Jeanne, après des années d'une enfance de tristesse et de solitude, en retrouvant ses parents, a retrouvé une parole que la grand-mère lui avait confisquée. Le temps a passé depuis les longues années de campagne où elle attendait, privée de dîner au bord de la nationale 7, que ses parents viennent mettre fin à son calvaire. Jeanne aujourd'hui redresse la tête. La Pérouse, Christophe Colomb, Marco Polo. Les tours d'Orly hissent leurs noms de navigateurs comme des promesses. Pas très loin, l'aéroport. Dans le ventre d'un avion, les mots de Yacine croisent les siens. Elle reconnaît ton écriture sur l'enveloppe grisâtre dans la boîte de métal. Peu importe l'ascenseur en panne et les huit étages, quand on aime on ne compte pas.

8.

Octobre 1966

Ah ! que le monde est grand à la clarté des lampes[1] *!*

Tu écris comme un poète. Tu décris les jardins de délices et l'architecture arabo-andalouse des palais. Jeanne, étendue derrière les moucharabiehs, guette le chant du chardonneret Parva venu étancher sa soif. Tu racontes ton père qui a servi dans l'armée française. La mémoire du sage Mohamed est vide mais son carnet militaire parle pour lui. Tu t'indignes de l'indécision de la France de Vichy aux premiers temps de la campagne de Tunisie. En 1942, un an avant ta naissance, ton père a défendu âprement le port de Bizerte convoité par les forces de l'Axe. Il a purgé les comptoirs italiens sur les rivages accueillants de la Petite Syrte. Son bras vigoureux a serré la gorge déclarée ennemie d'un brave gars de son âge. Est-ce cela que porte son silence ?

1. Charles Baudelaire, « Le Voyage » *in Les Fleurs du mal*, *op. cit.*

Tu racontes Zohra, ta mère arrivée de Chenini, parée de lourds bijoux et le visage tatoué. Ta mère courage qui a mis dix enfants au monde dont le premier est mort. Ta mère, lourde silhouette blanche drapée d'un safsari[1] au petit matin, ta mère qui négocie les légumes et les épices, extirpe de sous son sein les billets parfumés de fleurs de jasmin puis rentre mettre la maison en ordre. Elle fait taire la pépiante fratrie pour Yacine qui sera un grand médecin. D'un regard sévère, elle en impose et étouffe les gloussements de tes sœurs qui lisent leur futur dans le marc de café.

Bientôt, tu traverseras la Méditerranée. Tu viens d'être admis à la faculté au 15, rue de l'École-de-Médecine Paris 6e. La fièvre brûle le sang de Jeanne.

1. Voile traditionnel féminin porté en Tunisie.

9.

Juin 1967

Il y a des dattes dans ta valise. Tu as bien essayé de dire à ta mère que tu risquais déjà de payer un supplément bagages puisque tu apportes tous tes livres, ton matériel et l'indispensable Vidal. Et puis tu as promis de revenir vite les déguster à la belle saison, quand tu lui présenterais ta fiancée, mais elle n'a rien voulu entendre. Les dattes sucrées, échappées du torchon, ont taché ton unique belle chemise. Il te faudra la laver ou en acquérir une autre avant de rencontrer tes futurs beaux-parents.

Il faut avouer que tu es élégant. Tu portes beau et, en ces temps où les vêtements débraillés d'une jeunesse chatoyante défient les costumes ringardisés, tu impressionnes. Impressionnante aussi cette maîtrise du verbe. Tu parles comme ces livres dans lesquels tu as étudié la médecine et découvert les poètes. Baudelaire a ta préférence. Ma grand-mère s'en souviendra et t'offrira une édition précieuse déchirée un soir de colère. Mais on n'en est pas là.

Il est beau ce jeune Tunisien qui discute avec finesse des avancées sociales de la Tunisie où s'est voté, dès 1956, le Code du statut personnel. De l'autre côté de la Méditerranée, les femmes ont acquis des droits que les Françaises réclament encore : la polygamie et la répudiation sont abolies et l'on peut ouvrir un compte en banque sans l'aval de son époux. On s'étonne devant une telle ouverture d'esprit, devant ces propos si nuancés et ta drôlerie. Oui, c'est une bien belle personne que Jeanne a rencontrée, l'année dernière. C'est certain, vous avez tout pour être heureux ! Il n'en reste pas moins, si discrète soit-elle, qu'il y a une petite tache sur ta chemise.

10.

Octobre 1967

« Que votre vie quotidienne soit de plus en plus vraie, de plus en plus belle et de plus en plus colorée[1] ! » Un grésillement. Face caméra, quatre hommes figés dans des costumes sombres. Dans le petit meublé que Jeanne a déniché à Alfortville pour faciliter ses trajets vers l'École vétérinaire, et les tiens vers la faculté de médecine où tu engages ta quatrième année, vous êtes là, à attendre que le ministre de l'Information achève son panégyrique. Dans quelques minutes, Pierre Tchernia commentera le saut des parachutistes de Biscarrosse, majestueux oiseaux évoluant dans le ciel bleu, survolant les arbres roussis par l'automne pour se poser sur l'herbe verte. Le tableau est parfait.

Mais dans l'appartement, les échos d'un autre monde, décoloré, vous parviennent. Jeanne et toi marchez depuis

1. Allocution de Georges Gorse, ministre de l'Information de Georges Pompidou, à l'occasion de l'avènement de la télévision couleur, en 1967.

Washington, la fleur de votre chrysanthème nargue les fusils des soldats de la garde nationale. Vous vous hissez sur le toit du Pentagone et vous criez qu'on rende leur jeunesse aux enfants de la guerre du Vietnam. Vous levez haut vos poings à la mort du Che. Plus rien ne fera taire vos colères. Longtemps le filet de voix qui vous reste fredonnera *Hasta Siempre*. Et vous pleurez les oiseaux englués sur les côtes de Port-Blanc où le *Torrey Canyon* s'est échoué. Vous pleurez devant les corps noirs et squelettiques des Biafrais qu'on ignore. Tu jures de devenir le médecin des pauvres et des lépreux.

11.

Décembre 1967

Les trottoirs de Paris sont couverts d'une fine pellicule de glace. Elle ralentit les démarches de ceux qui, d'ordinaire, se hâtent. Aujourd'hui, les voitures, les autobus et les vélos se font rares. Vos deux élégantes silhouettes glissent dans cet hiver que tu ne connais pas encore. Dans ton pays, la pluie froide de février irrigue les sols mais jamais le mercure ne paresse en dessous de zéro. À peine le *gharbi*, ce vent qui soulève le sable, se fait-il menaçant. Les yeux des hommes se plissent et les corps se couvrent de longs burnous. Les maisons retiennent les femmes à l'intérieur. Les sols et les portes disparaissent sous les lourds tapis. Les patios ne résonnent plus des éclats de voix et des rires des familles. Même l'eau des fontaines se tait. On murmure, les mois d'hiver. On s'affaire en silence à emplir les celliers que l'on rouvrira quand vibreront, une fois l'été revenu, les chants des mariés ou des circoncis.

Tu penses à la Tunisie ensommeillée. Tes doigts engourdis te font mal. Tu avances mal chaussé sur le pont Saint-Michel. Tu as remonté le col du pardessus trop fin qui te tient lieu de manteau. Tu glisses sur le trottoir, la main de Jeanne dans la tienne, des arabesques dessinées sous vos pas. Le sang reflue peu à peu. Ton corps s'éveille et c'est douloureux. Dans tous les regards que tu croises, ton visage gris reste celui d'un Arabe. Une menace. La guerre n'est pas loin. Le froid devient vertige. Tu t'accroches au parapet. À tes tempes battent les cris de tes frères algériens. Il te semble les entendre basculer dans l'eau froide. Tu n'as pourtant pas vu plonger dans la Seine ceux-là dont la main armée de Maurice Papon a noyé les colères.

Dans les nuits d'octobre 1961, Paris n'était pour toi qu'un rêve. Tu lisais Baudelaire et rêvais *tuyaux, clochers et mâts de la cité*. Tu ne savais rien de tous ces Algériens, hommes, femmes, enfants sortis de leurs usines ou des appartements de banlieue pour marcher dans les parcs interdits, braver le couvre-feu, sourires et robes colorées en réponse aux violences. La main de Jeanne dans ton dos t'agrippe pour empêcher ta chute.

Pour un coup porté par le FLN, on en rendra dix. Le préfet de Paris durcit sa lutte contre le terrorisme. Tu crois entendre les déflagrations. Les balles mortelles fauchent la foule pacifique. De jeunes corps s'affaissent. La pression dans ton dos est maintenant celle d'une main ennemie. Tu ne reconnais plus le visage de Jeanne. Elle non plus ne reconnaît pas ce rictus à tes lèvres. Tu retrouves l'équilibre. À peine. Redressé sur le pont Saint-Michel, une glissade et tu heurtes un passant. Un mauvais mot lui échappe. Tu voudrais plonger l'homme dans l'eau froide. Jeanne t'en empêche. Silencieux, vous filez vers la fac. Place Saint-André-des-Arts. Tu as desserré le poing. Le sang afflue désormais dans tes doigts ravivés. Un baiser furtif. Jeanne attendra la fin de ton cours dans un café où se réchauffer. Tu entres dans l'amphi.

Yacine, deux syllabes sur les lèvres de toutes les étudiantes. Il te plaît de leur plaire. Tu sors de son étui de cuir le stylo Waterman que t'a offert ta belle-mère. Il glisse sur la page où tu dessines à grands traits un cœur en coupe verticale. Dans le tien, sourd un violent concert.

12.

Décembre 1967

Parfois, vous allez au Louxor. Au croisement des boulevards de Magenta et Barbès, tu entends cette langue que tu ne parles plus que rarement et tu retrouves, réunis dans cette salle en déclin, des spectateurs qui ont payé deux francs leur billet et osent à grand bruit applaudir, trembler et tonner aussi contre les héros des séries B ou des westerns-spaghettis. Bien sûr, tu vibres avec eux aux remakes arabisés de films américains, mais bientôt tu t'élances sur l'autre rive et te reviennent les échos des films de Youssef Chahine.

Mais entre toutes, tu reconnais la voix d'Oum Kalthoum. Jeanne ne comprend pas ses élégies. Elle pose sa tête sur ton épaule dans le noir et la Tunisie langoureuse revient à ses lèvres. Tu caresses ses poignets. La diva égyptienne chante son cœur dévasté par des promesses oubliées.

يا فؤادي، يا فؤادي، يا فؤادي لا تسل أين الهوى[1]
يا فؤادي، يا فؤادي لا تسل أين الهوى
كان صرحاً من خيالٍ فهوى

Tu ne traduis pas son chant des *Ruines.* Jeanne écoute la belle pleurer l'amant frivole. Elle s'émeut de celle qui s'est réveillée meurtrie par la tromperie, les chaînes à ses poignets ensanglantés. Plus tard, tu délaisseras le Louxor pour lui préférer les salles du Quartier latin. Tu vas bientôt découvrir Sergio Leone et diviser ton monde en deux catégories : ceux qui ont des pistolets et ceux qui creusent.

1. « Ô mon cœur, ne demande pas où est l'amour, c'était un édifice de chimères. »

13.

PHOTO

Un cliché en noir et blanc réalisé par un photographe de Choisy-le-Roi. Un peu jauni mais un des rares qui aient survécu au naufrage. Tour dentelé, studio, estrade drapée d'un tissu peut-être gris sur lequel vous portez haut votre bonheur. Un bras le long du corps et l'autre recourbé sous la poitrine, Jeanne dans sa robe claire dévoile ses jambes fines. La gauche est avancée à la manière des vestales. Un peu caché derrière celle qui s'apprête à devenir officiellement ta femme, tu as pris une pause que tu penses être celle de la cérémonie. Costume sombre. Regard grave, mais pas trop. Tes yeux se plissent.

Penses-tu aux larmes et aux cris de ta mère qui a nourri d'autres rêves pour toi ? Au silence de ton père qui a suivi l'annonce de ton mariage ? Après tout, tu t'engages. Tu prononces un oui à peine audible. Une syllabe et c'est fini.

Vous êtes six attablés dans ce petit restaurant de banlieue. Des têtes se sont tournées sur votre passage. Que fait un bougnoul endimanché dans ce petit comité ? Tu as parlé et parlé encore, séduit la petite assemblée. Monique, suspendue à tes lèvres, a jalousé secrètement l'avenir radieux de sa belle-sœur. Épouser un médecin, c'est quand même autre chose que cet ouvrier qui a fait d'elle une mère acariâtre. Tu as goûté tous les vins et même mangé de ce foie gras que ton beau-père a trouvé délicieux. En somme, tu t'es vite acclimaté et si ce n'étaient ce teint brun et ton accent, on pourrait presque penser que tu es là depuis toujours. Tu as engagé ta mue en ce jour de décembre.

14.

Avril 1968

Tu l'aimes bien ce cartable. Cette sacoche de cuir brun est plus souple que la tienne. Surtout, tes longs doigts épousent parfaitement sa poignée bosselée. À ton annulaire, tu ne sens plus ton alliance. Farza, le copain de Tunis, accepte bien volontiers de te la prêter, cette sacoche, sur le chemin que vous empruntez en quittant la fac. Lui porte la tienne et vous devisez dans Paris où les protestations des petits-fils de Charles de Gaulle soulèvent les pavés. Loin Tunis et El Manar[1]. Depuis que vous êtes sur l'autre rive, vos rêves se sont élargis.

Lui sera cardiologue. Mais toi, comment étancher tes soifs ? Comment faire taire ces voix qui t'invitent à la fête, comment refuser ces lits ouverts sur des plaisirs insoupçonnés ? Tu n'entends plus ni l'appel du muezzin, ni les chants de ta mère. Tes poings parfois se serrent devant des portes interdites. Tu écumes en retrouvant

1. Université de Tunis.

l'appartement d'Alfortville. Tu essaies de t'oublier dans l'apprentissage laborieux d'un cours d'anatomie. *Le pédicule antérieur de la racine du membre inférieur franchit le bord antérieur de l'os coxal. Il est constitué par les vaisseaux fémoraux et le nerf fémoral.* Le voici ton chemin. *Il passe sous l'arcade crurale, tendue de l'épine du pubis à l'épine iliaque antéro-supérieure.*

Ta femme, déjà usée par une année de vie commune et pâlie par tes nuits d'études, se tient tout près de toi. *L'arcade crurale est reliée à l'éminence ilio-pectinée par la bandelette ilio-pubienne. La surface pectinéale est tapissée par le ligament de Cooper. L'artère fémorale émerge entre le ligament de Cooper, l'arcade crurale, la bandelette ilio-pubienne et le ligament de Gimbernat. Elle fait suite à l'artère iliaque externe.* Elle marche sur la pointe des pieds, on dirait qu'elle danse. Mais tu distingues ses regards enamourés et son souffle. Trop près. Le stylo tombe de tes mains. *En dedans de l'artère fémorale monte la veine fémorale. Plus en dedans, il y a des ganglions lymphatiques et encore en dedans, on retrouve le ligament de Gimbernat.* C'est sa faute si tu ne retiens rien ce soir.

15.

Mai 1968

Tu entends crier dans la tempête. Autour de toi, des mains brandissent des drapeaux ensanglantés, des chants s'élèvent par-dessus les barricades. Les étendards anarchistes se dressent. On ne faiblira pas devant les gardes mobiles. On se toise. Les pavés répondent aux matraques. On se cabre, on s'étrangle. À tue-tête, on réclame celles des mandarins.

Tes lointaines leçons d'histoire t'assaillent. Tu te souviens du vieux professeur qui te transportait à Versailles. Avec lui, tu secouais les grilles du palais et tous ces jacques étaient tes frères. Tu haranguais les foules et réclamais du pain et des livres. Aujourd'hui, tu vis ta révolution. Tu en es l'artisan, toi le Tunisien, toi dont les parents ont dû tolérer l'autre en leurs terres et museler leur colère, toi qui es né sous le protectorat, toi à qui l'autre a imposé une langue et des usages nouveaux, toi qui as forgé tes rêves sur des décombres. Tu renais dans le commun combat. La colère te déborde. Les digues ont lâché. Haro sur ces vieilles rosses qui ont trop longtemps piétiné les audaces et brisé l'échine d'une jeunesse talentueuse ! L'heure est venue de payer. On va couper des têtes.

Dans le grand amphi de la rue des Saints-Pères rebaptisé « amphi Che Guevara », on rêve à voix haute d'humaniser la médecine. On bouillonne, on travaille, on boit, on joue, on baise. On a poussé les macchabées du sixième étage pour faire des dortoirs où passer les trop courtes nuits. On sera bons, on sera justes. On fait des serments que rien ni personne ne brisera. Jamais.

16.

Mai 1968

Ils sont tombés sur un os. Tu as quitté la rue des Saints-Pères après deux nuits passées à l'amphi. Il est encore tôt. Les voix des bacchantes résonnent sur tes pas. Jeanne trompe son inquiétude en déplaçant les meubles de l'appartement que tu as, pour la première fois, déserté. Dans ta tête, c'est un tourbillon. Tu as goûté les alcools forts et crié. Tu es aphone. Tu ne dois pas faire de vagues, plutôt retrouver le chemin, retrouver l'ardeur. Tu t'attables avec un café pour étudier. On parle d'annuler les examens mais à qui se fier dans cette période si étrange ? *Le ciel par-dessus les toits* n'est ni bleu ni gris. Le monde change et tu poursuis ta mue.

Soudain, des bras t'agrippent avec violence et te voilà entassé dans un fourgon avec d'autres comme toi, étudiants raflés au matin de mai. La vermine. *On va voir ce qu'on va voir. On la ramène moins, hein ? Ils ferment leurs gueules les macaques.* Ta barbe de deux jours te fait un teint suspect. *C'est quoi cet os que tu trimballes dans ton sac ? Ben dis-donc mon bicot, elle te file pas à bouffer ta Fatma ? C'est bizarre, tu ressembles pas à la photo sur ton passeport. Oh ! Farza, je te parle. Tu comprends le français ?*

Face à toi, un officier de police. Dans sa main, le passeport vert trouvé dans le cartable de ton camarade. La photo n'est pas bonne mais on distingue un visage rond qui n'est pas le tien. Tes joues sont creuses, tes cheveux longs, tu mesures un mètre soixante-seize. Il va falloir t'expliquer. Michel Fabreguette, ce matin, n'a pas envie de rire. Des semaines qu'il répond aux cocktails Molotov, aux pavés ou aux boulons à coups de « gomme à effacer le sourire ». Il en a vu d'autres. C'est rien, à côté de l'Algérie. Avec les anciens, il chante *La Marseillaise* pour narguer tous ces petits cons qui bousillent la nation. Sa voix se brise. Il épuise sa rancune dans les derniers couplets, fait taire le passé remonté à ses lèvres dans un spasme. Mais il n'a plus envie de chanter, ce matin. Ce qu'il veut, c'est rentrer chez lui après deux jours et deux nuits à sillonner la ville paralysée. La fatigue déforme son visage. Interroger le bougnoul. Rentrer à pied. Dormir jusqu'à demain. Il va falloir t'expliquer. *Ils sont pas à toi ces papiers et ce cartable non plus, il est pas à toi. Alors, toi t'es qui au juste ? Et qu'est-ce que tu foutais sur le boulevard Saint-Germain avec cet os dans ton sac ? C'est pas l'Aïd ? T'as pas désossé le mouton après le méchoui ? C'est quoi tout ça ? Va falloir t'expliquer et vite.* Commencent les problèmes. Le flic écrit sous ta dictée : « Nom : HAMRHANI. Prénom : Yacine. Né le 22 mars 1943 au Bardo, Tunisie. Nationalité tunisienne. Marié. Résidant au 47, avenue Paul-Vaillant-Couturier 94140 Alfortville. Étudiant en médecine. »

Alors tu expliques. Le masque enduit de baume du tigre pour dissimuler les odeurs, les corps devinés sous les draps bleus, les visages grisâtres et déformés, les orbites creusées, les mâchoires ouvertes, les gants de chirurgien, le bistouri placé sous la clavicule, la peau qui s'écarte lentement sous la pression du geste, comme deux lèvres, la graisse jaunâtre qui apparaît, ensuite les muscles, chaque couche dégagée en douceur afin de ne rien abîmer, les cartilages, les nerfs, les os, le papier absorbant sur la table qui éponge le chlorure de zinc avec lequel les corps ont été embaumés. Farza et toi allez régulièrement chercher des os au laboratoire d'anatomie médicale pour réviser. Vous en sortiez au moment où la foule vous a dispersés. Et maintenant, tu es là, hagard, devant ce flic qui confisque le cartable et les papiers avant de te rendre à la rue. Il rentre chez lui battre sa femme. Tu deviens son frère.

Tu es rentré épuisé après ta marche. Jeanne t'a devancé dans l'escalier dès qu'elle a reconnu ton pas. Tu n'as pas posé sur ses lèvres le baiser qu'elle attendait, ignoré ses bras ouverts. Qu'importe, tu es un peu ébouriffé mais tu es là. Avec ta barbe de deux jours, tu ressembles à Demis Roussos. Tu as échappé au pire dans le chaos que décrivent les voix militantes de l'ORTF. Jeanne, suspendue aux nouvelles alarmistes diffusées par la radio, en a recouvert le silence en rangeant et fredonnant. Maintenant tu es là, elle voudrait que tu lui racontes. D'un geste, tu balayes de la table basse le cendrier plein. Les Gitanes et les Dunhill se déversent sur le tapis.

Sans un mot, Jeanne se baisse pour ramasser les cigarettes. Il a plu ce matin-là et vous avez beaucoup pleuré sous les draps moites de vos étreintes. La première gifle est fille de cette nuit sans sommeil.

17.

Mai 1969

Le sang n'a pas coulé entre ses jambes ce mois-ci. Les aréoles de ses seins se sont assombries et plusieurs fois Jeanne a laissé inachevé le dîner qu'elle prend seule la plupart du temps. Quand tu apprends que tu vas être père, tes sourcils dessinent à ton front une étrange marque. Elle peine à croire que l'enfant est là. Doit-elle se réjouir de voir son ventre s'arrondir alors que Yacine déserte de plus en plus souvent l'appartement sombre et silencieux ? À qui annoncer cette grossesse ? Les amis qui lui restent sont rares. Longtemps, déjà, qu'ils font mine d'ignorer le sourire triste qui les accueille, les mains tremblantes qui servent les plats qu'elle redoute d'avoir trop ou pas assez salés, les regards furtifs jetés à l'époux pour en évaluer l'humeur, les pommettes trop fardées qui ne dissimulent pas tout à fait les secrets du couple vacillant.

Pourvu que ce soit un garçon ! Yacine en sera fier et heureux ! On lui choisira un joli prénom arabe. On fera une grande fête pour sa circoncision et au Bardo, on entendra longtemps chanter les femmes pour fêter celle qui a donné un fils à Yacine. La vieille Zohra cessera de jeter son regard noir sur le corps trop maigre et trop pâle de Jeanne. Elle laissera peindre au henné la paume de ses mains. Elle portera les lourds bijoux de Chenini, se drapera dans les tissus mordorés et, au cœur de la fête, elle placera le fils espéré dans les bras d'Oummi[1].

Jeanne traverse l'été comme un rêve. Elle ne s'étonne pas du silence de son père, le même a accueilli l'annonce de ses noces trois ans plus tôt. La veille du mariage, il lui avait glissé un laconique « As-tu bien réfléchi ? » auquel elle n'avait pas daigné répondre. Ce vieux con sait-il ce qu'est l'amour ? N'a-t-il jamais eu vingt ans ? Et puis, est-ce bien à lui, qui voulait tout larguer après la guerre pour s'installer en Syrie où il avait attendu les Allemands, de lui demander si le bonheur ne se peut trouver au-delà de nos frontières ? Sa mère non plus ne dit rien. Les joies comme les peines sont silencieuses, il faut croire. Jeanne s'apprête à enfanter. Seule. Elle terrasse la nausée, refoule les souvenirs. Dans son cœur, une place est toujours restée vide. La guerre d'abord, un terrible accident de voiture ensuite ont trop longtemps tenu sa propre mère éloignée de son enfance.

1. « La mère » en arabe.

Jeanne s'active. Elle dresse la liste de ce qu'il faut pour accueillir dignement un nouveau-né. Elle achète berceau et landau, elle tricote. Des langes, des bonnets, des pulls et des écharpes s'alignent dans l'armoire. C'est sûr, cet enfant ne manquera de rien.

18.

PHOTO

Un photographe s'est déplacé à la maternité de Choisy-le-Roi dans l'hiver. Il a immortalisé en noir et blanc mon visage joufflu, mes yeux plissés dont on ne sait s'ils rient ou s'inquiètent déjà, et mon corps disparu dans les langes. Sur certains clichés, je suis posée sur des draps qu'on imagine colorés. J'ai l'air abandonnée, seule sur ce grand lit. Sur d'autres, ma mère me tient, loin d'elle, bras tendus. Elle semble m'exhiber plutôt qu'elle ne m'embrasse. Elle arbore un sourire que je lui ai rarement vu par la suite. Comment moi, si ronde et si brune, ai-je pu m'extraire de cette frêle silhouette ? De quelles étreintes suis-je née ?

Tu n'es sur aucune des photos de cet album. Ici commence peut-être ton absence.

19.

Mars 1972

Sur la table du salon du minuscule appartement d'Alfortville, s'étagent des monceaux de feuilles de cours. Tu as disparu derrière des notes et des dessins qui m'attirent mais dont j'ai interdiction de m'approcher. On t'entend soupirer. Les examens approchent. La maison devient muette. Maman retient son souffle et se déplace sur la pointe des pieds, on dirait qu'elle vole. Je la suis comme son ombre. Ce que j'aime surtout, c'est la voir crêper ses cheveux noirs. Je m'installe derrière elle dans la salle de bains. J'enfourche le bidet et je fredonne sur le silence. Non loin, tu es à l'étude. Je murmure les paroles de Frank Alamo, j'aperçois Bambi dans le miroir et les yeux de biche de maman se font papillons. Elle se saisit d'une brosse et d'un peigne, puis s'engage une opération assez délicate. De la main gauche, elle tend une mèche de cheveux et de la droite, par-dessous, le peigne se faufile et effectue de rapides allers-retours dans un geste nerveux. Lentement, la mèche se gonfle. Elle laque l'échafaudage et une odeur chimique que j'aime envahit le petit espace.

Elle quitte la salle de bains, en éteint la lumière mais s'étonne bientôt de ne pas me sentir sur ses talons. Elle revient sur ses pas et me trouve toujours à cheval sur la cuvette de porcelaine dont je ne peux m'extirper. Mon genou est coincé entre le mur et la tuyauterie devenue l'instrument de ma torture. Ne pas faire de bruit. Elle s'efforce de dégager ma jambe. J'ai mal ; elle redoute de me blesser. Je souffre en silence, le chignon tangue. Elle essaie encore et encore. Rien n'y fait, il va falloir interrompre ton labeur.

Les feuilles de cours volent dans l'appartement. Je suis libérée à grand-peine. La savante coiffure s'effondre.

20.

Juin 1972

Yacine l'aimé, le tout-puissant. Tu ne l'as pas toujours été. La France qui t'accueille n'a pas oublié l'Algérie. Les traces du sang coulé hier sur les deux rives de la Méditerranée souillent toujours les présents. Les têtes de ceux qu'on a armés trop jeunes pour le combat se sont à jamais emplies de femmes éventrées, d'hommes amputés de leur langue ou de leur sexe, de villages dévastés, d'odeurs grillées de chair d'enfants, de vieilles qui pleurent les morts et les disparus en égrenant mécaniquement les chapelets de leurs doigts tatoués.

Dans les logements sociaux que de pauvres ouvriers bien français convoitaient depuis longtemps, on a fait de la place aux rapat'[1]. Endeuillés d'une vie nonchalante, ils traînent leur nostalgie dans la froideur des villes-dortoirs. Aux balcons des immeubles, ils tendent loin leurs regards désespérés vers la mer et la douceur des étés qu'ils ont dû fuir. On a formé pour les sales boulots

1. Rapatriés d'Algérie.

des équipes avec les ennemis d'hier. Les rancunes d'aujourd'hui sont souvent tues, mais on devine aux dents serrées des uns et aux sourires en biais des autres qu'il en faudrait peu pour qu'explose le quotidien, que les mains s'arment et que les corps frottés d'huile des gladiateurs de l'usine se meurtrissent de nouveau.

Toi, tu n'es pas algérien mais qu'importe. Le nom que tu portes est arabe. Le français académique que tu parles en roulant les *r* te trahit. Tu as beau réciter Baudelaire, c'est Abū Nuwās, le vagabond des étoiles, qu'on entend. Tu as beau aimer le jambon à l'os et les bons vins, ta peau brune et ton accent qui plaisent aux femmes t'empêchent de t'asseoir à la table des grands.

Toujours, tu dois sourire aux évocations des promenades en chameaux, de la douceur de Djerba et des souks où l'on marchande les tapis sur lesquels tu te déchausses. Personne ne sait ce qu'il t'en a coûté de quitter ton petit pays et de laisser ta mère exposée aux orages d'un homme que la guerre a broyé. Personne ne voit rouler tes larmes quand la voix de Fairuz résonne chez le barbier qui discipline tes cheveux crépus.

ويقل لها انطريني وتنطر ع الطريق[1]
ويروح وينساها وتدبل بال

1. « Et il lui dit d'attendre, alors elle attend sur la route / Et il s'en va et l'oublie et elle se fane en hiver. » Vers d'Abū Nuwās, poète persan d'expression arabe, VIII-IXe après J.-C.

Et puis un matin, arabe, tu ne l'es plus qu'à peine quand diplômé de la faculté de médecine, tu redresses ton front courbé par l'étude. Au sortir de la chambre obscure où tu as usé tes nuits, la petite lampe de ton bureau a découpé un halo de lumière qui partout t'accompagne. On dirait une auréole.

Yacine, te voilà de nouveau l'aimé, le tout-puissant.

21.

Décembre 1972

Tu viens d'entrer dans l'hiver que ton corps peine encore à apprivoiser. Tes doigts s'engourdissent quand tu rapproches de ta bouche les cigarettes allumées les unes après les autres. Avant de pénétrer dans le hall de l'hôpital pour retrouver les blouses blanches, les bras perfusés et les regards perdus de ceux dont on sait la mort toute proche, tu emplis grand tes poumons. L'air froid t'en donne le courage, gèle tes larmes, raidit ton pas.

Tu as été nommé à Villejuif où s'est achevé ton internat. Tu travailles avec Léon Schwartzenberg. Tu l'aimes bien, ce type. Comme toi, il vient d'ailleurs. Il est un peu ton père, celui à qui les lois raciales de Vichy avaient interdit les bancs de la faculté de médecine. Il est un peu ton frère aussi, celui qui *vécut ses vingt ans comme un mélange de rêves et de cauchemars*[1], perdant les siens à

1. Propos recueillis par Christine Ockrent en 1990 dans l'émission intitulée *Qu'avez-vous fait de vos vingt ans ?*

Mauthausen, forgeant dans le même temps son goût de l'engagement et sa parole de vérité. Avec lui, tu cherches comment transfuser les globules blancs pour soigner les cancers et tu oublies les heures dans le laboratoire d'hématologie de Gustave-Roussy.

Mais en toi grandit ce mal qu'aucun traitement ne fera reculer. Les salles de garde où l'on rit et l'on chante, les chambres blafardes où tu détrousses les femmes en blanc auxquelles tu fais des promesses et des enfants, la pharmacie de l'hôpital surtout sont devenues ton territoire. Tu désertes le lit conjugal. Tu t'enfonces dans les eaux troubles du Léthé. Jeanne t'attend dans l'appartement silencieux où elle me berce. Les draps restent froids dans ses nuits et elle fume à la fenêtre. Les volutes dessinent de curieux signes dans lesquels elle refuse de lire ton désamour.

22.

Février 1973

L'homme a voulu créer le Paradis par la pharmacie, par les boissons fermentées[1].

Violer l'armoire à toxiques de l'hôpital. Sentir couler le Palfium® 875 dans tes veines. Retrouver la chaleur des plages et du sexe des femmes. Y entrer sur un flash et goûter l'infini.

Ta voix grave, profonde, gutturale est celle des vieux mangeurs d'opium. Tu te jettes dans la nuit que tu emplis de ton rire sardonique. Ton bonheur tient dans une petite cuillère avec toutes tes ivresses. Il déborde bientôt. Les explosions font jaillir les flots d'écume et les mots éclatent au cou blanc de celles que tu entraînes dans ta course. Les météores de ton cerveau échappent. Fou qui t'empêchera de les poursuivre. La Seine te tend ses bras noueux, ses veines comme les tiennes, saillantes ; le sang

---

1. Charles Baudelaire, « Le Poème du haschisch », I. Le Goût de l'infini, *in Les Paradis artificiels*, 1869.

sous tes tempes bat un temps nouveau, un chatouillement douloureux. Tu es trop plein de vie, malade d'une joie qui se mue en angoisse. Tu la vomis au parapet au petit matin et tu assieds ta tristesse sur tes genoux éraflés dans ta chute. Nul ne sait guérir un homme malade de trop de vie. Il ne te reste plus alors qu'à vivre la fatalité.

23.

À la fois poison et remède, le Palfium® illustre les paradoxes du pharmakon de Platon.

Lorsqu'il arrive en milieu hospitalier à la fin des années 1950, le médicament, puissant analgésique, soulage la douleur et offre une alternative à l'anesthésie générale. Inscrit au tableau B des substances narcotiques, il doit être prescrit à l'aide du carnet à souches, devenu depuis « ordonnances sécurisées ». Mais l'utilisation prolongée du médicament induit un risque d'accoutumance. Le Palfium® s'insère alors dans le schéma dominant des toxicomanies iatrogènes[1]. Et de fait, les deux tiers des toxicomanes s'approvisionnent auprès du marché licite des produits pharmaceutiques, le marché clandestin n'étant réservé qu'aux plus marginaux.

Cette toxicomanie souterraine n'enfreint aucun code social, n'apparaissant qu'au détour d'un exercice de

---

1. L'iatrogénie médicamenteuse désigne l'ensemble des effets indésirables provoqués par la prise d'un ou de plusieurs médicaments. La dépendance aux stupéfiants est l'un de ses effets.

comptabilité sur les registres de pharmacies ou les carnets à souches[1].

1. Alexandre Marchant, « Les trois âges du Palfium® » : histoire d'un produit ambivalent (France, 1957-1999), vih.org, 2016.

24.

Mars 1973

Tu danses comme un serpent.

À tes tempes moites, les cheveux que tu as lissés au matin se tordent désormais dans la nuit. Tu as bu des alcools forts. Ton corps ondule sur la piste où te pousse la dose toujours plus sévère de Palfium® qui consume ton chemin. Tu as entraîné avec toi cette petite infirmière blonde à qui tu as promis un enfant. Tu as goûté le sel à ses lèvres, tu as reconnu l'été et cru, un instant, pouvoir étancher toutes tes soifs. Il ne t'en a pas fallu davantage pour oublier que dans le petit appartement d'Alfortville, encombré depuis janvier d'un berceau où, emmaillottée dans le silence, j'ai la discrétion de ne pas pleurer, t'attend la pauvre et brune Jeanne, repliée dans l'hiver, toujours plus seule depuis qu'elle fuit ses parents et ses amis pour n'avoir plus à farder sa douleur.

Tes bras longs ceignent la petite infirmière dont tu n'es pas encore fatigué. Elle colle son corps au tien. Tu danses. Elle s'offre. Tu enfonces une main dans le pantalon qui moule son corps chétif, tu plonges l'autre dans sa bouche et tu ignores si tu voudrais l'avaler ou l'étouffer. Tu glisses sur la piste, tu cours après les étoiles, tu emmêles, de tes doigts maigres qui sentent le sexe, la blonde chevelure de celle dont tu ramèneras le parfum sous les draps de ta femme.

Soudain, tu danses dans les nuits du Bardo. Ce soir, on a circoncis ton tout jeune frère Kamel et les youyous acclament son sexe pur. Ta tête enfin légère se pose au milieu des pétales de jasmin tombés des oreilles des hommes où ils étaient retenus en paquet. Dans sa blanche djellabah, le petit homme au sexe coupé avance vers toi, les bras grands ouverts. Il sourit. Les pieds qu'il a si menus rencontrent les fleurs blanches. Il en saisit une poignée, s'allonge auprès de toi, dépose un à un les pétales dans la bouche que tu as laissée béante dans un âcre sourire. Tu suffoques.

Quand tu rouvres les yeux, les frisottis de tes cheveux maintenant totalement indisciplinés sont couverts d'une écume blanche. La blonde éponge ton front moite à l'aide du mouchoir qu'elle a extrait de ta poche. Elle te sourit. Tu détournes le regard de celle que tu as mordu au cou et dont le sang par intermittence goutte sur la piste désertée en dessinant, sur ta chemise, un croissant étoilé.

25.

Avril 1973

La pharmacie de l'hôpital n'a rien des pharmacies berbères où ta mère trouve les baumes qui gomment les traces que la colère des hommes imprime sur les peaux dans l'intimité des alcôves. La pharmacie de l'hôpital de Villejuif a les dimensions d'une vaste chambre sans lit, plutôt d'une épicerie. D'immenses étagères métalliques en recouvrent les murs. Des centaines de tiroirs contiennent les drogues qui soulageront les corps rongés par le cancer. Tu entres en silence. Avec dévotion. Tu présentes au pharmacien qui ne te connaît pas encore un petit carnet blanc. Il déchiffre péniblement ton écriture nerveuse qui prescrit « PALFIUM® (DEXTROMORADINE) : CINQ MILLIGRAMMES PER OS TROIS FOIS PAR JOUR (= QUINZE MG) PENDANT CINQ JOURS ». Apposés en rouge, le cachet de l'Ordre des médecins, ton numéro d'inscription et le numéro du département de délivrance du carnet. IGR. Val-de-Marne. 94. Tu t'es appliqué pour remplir l'ordonnance autocopiante de ton carnet. Pourtant cette fois, ta main a tremblé en reportant sur le feuillet le nom de Mme Beaugrand Mireille née le 14/06/1920 à Crépy-en-Valois, Oise. Tu as donné à tes démons le nom d'une de tes patientes et celui de sa leucémie.

Les gestes du pharmacien sont lents. Tu voudrais fuir. Mais les murs de la salle t'aimantent. Une des ampoules du faux plafond grésille. La lumière intermittente rappelle celle de ces boîtes où, étourdi, tu enlises ton insondable détresse. Bientôt, la pauvre vieille ne quittera plus son lit que pour le fauteuil installé près de la fenêtre. Dans la somnolence où la maintiendra le Palfium® surgiront ses jeunes années. Elle dansera alors et tu la rejoindras dans sa transe, griffé au sang par Barbara, l'ange noir des barbituriques[1]. Au matin, tes yeux cernés et la marque à ton front trahiront ta nuit sans sommeil.

Le pharmacien revient, te tend une enveloppe qui contient le remède. Tu sors de la chambre sans saluer. Tu places l'enveloppe dans la poche gauche de ton pantalon blanc. Machinalement, tu comptes et recomptes en silence le nombre de petites bosses dessinées par les ampoules dans leur étui. La journée promet d'être longue.

1. Les barbituriques sont une famille de médicaments dépresseurs qui peuvent occasionner une sédation légère voire une anesthésie générale.

26.

« En toutes circonstances, le médecin doit s'efforcer de soulager les souffrances de son malade. » (Code de déontologie, art. 37)

27.

Avril 1973

Cette fois, elle en est sûre, ce sera un garçon. Son ventre pointe vers leur futur enfin plus lumineux. L'enfant à naître ramènera Yacine dans son lit. Et peu importe que l'infirmière blonde, cette salope avec qui tu passes tes nuits et que tu as présentée à tes parents au printemps ait appelé Jeanne pour lui lâcher que c'est elle qui fait désormais le bonheur du ténébreux Dr Hamrhani. C'en est terminé de cette errance. Jeanne attend juste le bon moment pour t'annoncer la grande nouvelle.

À Gustave-Roussy, les semaines défilent derrière sa paillasse sans que jamais vienne le jour où tu es disponible. Elle t'aperçoit parfois lorsqu'elle va rendre des résultats dans ton service, mais trop souvent ses pas s'arrêtent au seuil de la salle de repos où toujours tu pérores, entouré de médecins et d'infirmières. Les mots ne franchissent pas ses lèvres, sa gorge se noue. Elle s'arrange alors un machinal sourire qu'elle parfait dans le miroir de l'ascenseur qui relie les étages de ce lieu où vous ne faites plus que vous croiser en faisant semblant de rien. Et elle retourne à ses microscopes. Les cellules s'agitent sous la lame. Elle retient ses larmes pour ne pas fausser la lecture et les analyses.

Tout le monde sait que le beau docteur passe de torrides nuits dans une des chambres de garde et que lorsqu'il en sort épuisé de plaisir, ce n'est pas chez sa femme qu'il rentre mais chez sa maîtresse qui porte un enfant de lui. Tout le monde devine la détresse de sa mutique épouse. Le chef de service s'inquiète de voir ce médecin prometteur s'éloigner de l'itinéraire qui devait le conduire à l'agrégation et à la chefferie du service.

Un jour, il fait appeler Jeanne. Il a de la tendresse pour cette femme si menue qu'elle semble disparaître dans sa blouse blanche. Il choisit ses mots pour lui annoncer que le Conseil de l'Ordre a décrété une interdiction provisoire d'exercer. Il y a des raisons de croire que le Dr Hamrhani fait un usage personnel des opiacés faussement prescrits pour les malades du service de cancérologie. En fait, le doute n'est plus permis. Les carnets à souche qui autorisent la délivrance des substances s'amenuisent plus qu'ils ne le devraient. Les signatures sur les talons sont trop souvent celles de Yacine. Il va falloir prendre un peu de distance. On le sait, le mal du pays peut parfois expliquer les égarements du cœur et de l'esprit. Pourquoi ne pas s'accorder quelques vacances, séjourner en Tunisie où le printemps s'est déjà installé ?

Les lèvres de Jeanne remuent à peine. Oui, dit-elle, c'est sans doute ce qu'il faut faire.

Se relever. Quitter ce bureau où le verdict redouté est tombé. Réhabituer ses yeux à la lumière crue de l'hôpital. Avait-elle fermé les paupières pour ne pas lire de commisération chez son interlocuteur ? Elle pose ses deux mains sur le bord métallique de la chaise, et soulève péniblement son corps chétif. Son ventre lui pèse maintenant. Comment marcher ? Cet enfant soudainement l'encombre. Au lieu de Tunis, elle pourrait aller à Londres pour en faire un ange.

« *Madame, monsieur, en vue de notre atterrissage nous vous invitons à regagner vos sièges et à attacher votre ceinture. Le temps à Tunis est ensoleillé et la température est de 25 °C.* »

Jeanne trébuche sur le tarmac. Décidément, cet enfant s'accroche.

DEUXIÈME PARTIE
SILLONNER

Depuis quelques semaines, mon appartement s'est couvert de vitraux décolorés. Suspendu aux fenêtres, le corps pantelant de Jeanne murmure à mon oreille.

Je pénètre dans la cathédrale, les yeux levés vers les membres supérieurs du squelette appendiculaire. L'édifice vacille. Il menace de s'effondrer. Les éclats de pierre éraflent mon visage. Une poussière blanche m'aveugle. Mais n'est-ce pas plutôt moi qui tremble devant ta foudre reconnue ? Je circule entre des colonnes fines et ouvragées que surmonte un dôme renversé. Une main peut-être ? Hors du cadre, j'imagine plus que je ne vois huit osselets irrégulièrement cubiques, disposés en deux rangées transversales, prêts à tomber et à m'ensevelir. Au-dessous de la coupole, deux fins piliers s'entrelacent, arqués vers un ciel dépeuplé. Je distingue le radius et le cubitus, cet os long et tubulaire sur lequel les Romains accoudaient leurs agapes. Je tends l'oreille mais je ne perçois pas le rire de leurs libations.

Les murs ne retentissent que des suppliques de ma mère affaissée sous ta colère. Elle implore ta clémence.

En noir et blanc, je devine la main qu'elle te tend et que tu ignores. Elle t'offre une fois encore la blanche paume que tu méprises. Tu restes sourd à sa prière. Tu tords le bras qu'elle a replié sur son visage pour se protéger de ta folie. L'os se rompt en un bruit sec dont ma mémoire tremble encore. Une large échancrure s'ouvre en avant. Je m'en éloigne à pas lents. Parvenue à la fenêtre, je détache le cliché et m'extrais précipitamment du sanctuaire. Mon geste est brusque ; dans mon avant-bras, je sens la grande cavité sigmoïde[1] ouverte pour enfouir ma tristesse. *Sois sage, ô ma douleur.*

1. Partie de l'articulation du coude.

28.

Septembre 1973

Il a fallu rentrer, le cœur au bord de lèvres qu'on s'efforce de ne pas desserrer sur les pourquoi, les sans doute, les peut-être, les si seulement. C'est la fin de l'été.

Les parents de Jeanne ont placé leurs économies dans le mobilier et les loyers d'avance du cabinet que tu ouvres en ville. Les patients s'y bousculent. Ils viennent raconter leur corps de douleur, la misère de leur vie que tu adoucis. Certains chargent leurs bras de cadeaux pour te remercier. Parmi eux, des Tunisiens, quelques-uns attirés par ton nom gravé sur ta plaque et qu'ils prononcent en gommant certaines voyelles[1], d'autres aimantés par la tache qu'ils ont reconnue à ton front. Tes doigts tremblent lorsque tu prescris les drogues qui soulagent. Tes doigts s'attendrissent quand ils rencontrent ceux des femmes venues pleurer dans tes bras les maris qu'elles

1. En arabe, bien souvent, la prononciation fait disparaître certaines voyelles.

perdront bientôt. Tes mains délicates s'efforcent de ne pas froisser le papier bible du beau volume de la précieuse édition de poèmes que t'a offert mamie. Elle trône sur une étagère de ta bibliothèque, entre les gros flacons de porcelaine blanche et bleue. *Radix Pyrethri, Gelatina animale, Fol.Trifolii Fibrini, Folia Malvae, Lignum Campechianum, Herba Absinthii, Radix Artemisiae, Herba Equiseti, Species Diureticae, Herba Hyperici.*

Parfois, je me hasarde dans ton bureau enfumé. Je m'approche des bocaux d'apothicaire. Je me hisse sur la pointe des pieds. Je tords mon cou pour me grandir. Je voudrais déchiffrer les formules magiques. L'une d'elles peut-être te redonnerait le sourire. Mais je n'y parviens pas. Tes yeux se perlent de larmes lorsque Jeanne t'invite à placer tes mains sur son ventre arrondi. J'apprends à lire. Les formules d'abord m'échappent, mais après plusieurs semaines d'efforts, je détache enfin, sur la couverture de cuir vert brun d'un petit livre glissé entre les fioles, les trente et une lettres dont je fais un bouquet : L E S F L E U R S D U M A L C H A R L E S B A U D E L A I R E.

Nous rentrons en silence dans le petit appartement d'Alfortville désormais encombré par le berceau de l'enfant à naître. Je presse maman d'allumer la télévision. Je ne veux pas rater le générique. *Un jour tu trouveras la rose qui t'attend. Toujours plus loin au creux des sables blancs.* Un petit garçon au franc sourire s'élance sur l'écran accompagné d'un poney blanc. Sorti de l'imagination de Cécile Aubry, Poly, un shetland maltraité par le directeur d'un cirque, achève sa course sur les plages de Tunisie à la fin de l'été 1973. Des milliers de spectateurs les suivent par épisodes depuis huit saisons. Avec eux, je cherche aussi la rose des sables qui, à l'oreille, murmure les secrets, *un peu comme on cherche le bonheur. Prends bien garde aux mirages, la rose est peut-être dans ton cœur.* On donnera à mon frère un beau prénom arabe. Elyas.

29.

Octobre 1973

Tu as bu. Tu as dit.

Je baiserai vos femmes et vos filles. Ma langue vipérine connaît le chemin de leur plaisir. Séduites par mon verbe caressant et mes mains expertes, elles s'ouvriront, entières à moi. Leur chair déchirée sera mon œuvre, la blessure délicieuse et le venin fatal. Leurs enfants à naître seront bruns et intranquilles et ils porteront à leur front mat la marque de mes humiliations. Les fils surtout souffriront comme ce père qu'on n'a pas su aimer et qui ne sait que poignarder dans l'étreinte. Je graverai mon nom exécré dans les entrailles de vos femmes lascives ; elles déserteront vos couches, appelées par mon rire satanique qui perce tous les silences. Je m'inviterai à vos tables et je m'enivrerai de vos alcools fins. Je boirai l'univers et ma parole inondera vos places fortes. Il n'y aura plus de repli possible. Vous m'avez ouvert des lits et des portes étroites, je suis venu fouler le territoire dont j'ai rêvé. Je le piétinerai avant que d'y planter mon drapeau noir et rien jamais plus ici ne vous appartiendra. Vos larmes acides auront beau couler, vos terres désormais ne seront plus irriguées. Je lacèrerai vos étoffes et, levant haut mes mains au-dessus de ma tête pleine de vos mondes que tout à la fois j'aime et je vomis, je frapperai vos femmes devenues miennes. Elles trembleront dans mon ombre et puis j'irai porter ailleurs ma vie moins misérable que la vôtre, je me ferai poète et oiseau. J'atteindrai les cimes et loin, très loin là-haut, je ne distinguerai plus que les clameurs et les râles. Il me semblera reconnaître mon prénom.

30.

Novembre 1973

On a apporté un enfant dans des langes. On m'a dit que c'était mon frère. Je me suis penchée. J'ai saisi son bras potelé et arraché le petit bracelet de plastique à son poignet. Je peine à lire les cinq lettres de son prénom. Je me refuse à prononcer le nom de celui qui dort désormais dans le lit où j'ai déposé mes secrets. *Toi, tu es grande maintenant ! Regarde, tu as droit à une belle chambre avec un grand lit, une belle armoire et un bureau assorti,* une sorte de secrétaire au plateau rabattable pour faire de beaux dessins ! *Mais ne fais pas tant de bruit, tu pourrais le réveiller ! Et arrête ces caprices, tu dois montrer l'exemple !* La voilà ma berceuse. *Prends un livre si tu t'ennuies !*

Comme il est mignon, il ressemble à son père, non ?

Tu fêtes à ta manière la naissance de ce fils dont tu ne voulais pas. Un mois qu'il crie dans son berceau sur lequel jamais tu ne te penches. Il cherche ton regard ; tu fuis. Tu ne vois en lui que la petite marque sur le front que lui ont laissée les forceps. À moins que ce ne soit la marque des damnés. Tu t'en effraies, alors tu bois. Dans tes libations, tu lèves ton verre à ce fils qui n'est le tien que devant tes amis. Tu n'as pas accompagné la délivrance de Jeanne. Tu n'as reparu qu'après une semaine à hanter l'hôpital où tu retrouves Nadine, Brigitte ou Joëlle.

Tu as fait ton entrée dans sa vie en criant. Le Palfium®, cette fois, n'a pas suffi à éteindre ta colère. Jeanne tend un sein triste que ton enfant refuse. Ce sont tes bras qu'il réclame. Mais il y a bientôt quatre ans que tes mains ne savent plus caresser que les femmes des autres. Qu'importe, ce soir, c'est Barbara que tu fêtes ! Tu lèves ton verre à sa santé ! Au loin, le martyre de Jeanne se poursuit dans la plus haute tour.

31.

Février 1974

Je n'aime pas m'asseoir sur tes genoux. Ton pantalon est rêche et il sent le tabac. Cela n'arrive que lorsqu'il y a du monde à la maison. Très rarement. J'essaie d'éviter ton contact. Les muscles de mes cuisses alors se bandent et les minutes sont longues. Parfois, tu passes ta main dans les cheveux que tu m'obliges à porter longs. Je prie pour qu'on m'appelle ailleurs mais ce tableau est si touchant. *Il adore sa fille, il faut dire qu'elle est si jolie et si sage aussi.* Devenue image, je m'aplatis alors et compte dans ma tête, à l'endroit puis à l'envers. Il m'arrive aussi de prononcer en silence une formule magique pour que cesse ce moment si *touchant* et qu'enfin la distance, qui me mettra à l'abri de ta voix, de ton souffle enfumé et de tes regards inquiétants, s'installe entre nos deux corps. Ne pas entrer en contact avec ta chair, ne pas tendre la joue aux baisers circonstanciels, ne pas sentir ton alliance se prendre aux mèches des cheveux bruns et denses que tu m'as légués, ne pas devoir sourire quand je voudrais pleurer.

32.

Avril 1975

Jeanne disparaît dans la blouse enfilée à la hâte. Ses journées commencent presque toutes dans une course qui ne cesse que lorsqu'elle a couché ses deux enfants. Seule. Elle apprécie le répit que lui offrent ses parents le mardi soir. Ils viennent chercher Mona à l'école, Elyas à la crèche pour les garder à Orly, dans l'appartement où a pris fin la vie de meublé en meublé qu'ils ont traînée depuis la fin de la guerre.

Au huitième étage, deux chambres donnent sur le square Savorgnan-de-Brazza, la leur et celle qui accueille les deux enfants de leur fille. Henri a installé des parpaings aux pieds du lit à barreaux d'Elyas pour éviter qu'à son réveil, il ne le déplace dans la petite chambre, raye le parquet aux fines lames et dérange les voisins qu'on ne connaît pas bien mais dont on croise les regards inquisiteurs. De quelles étreintes sont donc nés ces enfants bruns dont on ne voit pas les parents ? Le mercredi, après la sieste qu'on lui impose et à laquelle il résiste bruyamment, Elyas place sa petite main dans celle, généreuse, de son grand-père. Commence alors une promenade dans le quartier des Navigateurs. De hauts immeubles continuent de sortir de terre dans cette cité que l'on a pensée idéale, et le va-et-vient des énormes camions colorés et grondants imprime dans l'imaginaire du petit de fascinantes images. Les grues surtout l'appellent à leur sommet.

Cet enfant qui ne parle pas, dont les murmures monosyllabiques se perdent en sanglots, dont le visage se crispe sur un sourire, cet enfant brun et mal-aimé ignore jusqu'à son prénom mais reconnaît sans effort les bennes des engins qui s'activent à construire des habitations à loyer modéré, à urbaniser en priorité des zones à l'extérieur des villes, à permettre à des milliers de mal-logés d'accéder au confort moderne salle de bains-eau chaude-chauffage central. Quand le temps vient de quitter le tracteur à chenille, la petite main se serre dans la grande. Le pouce droit dans la bouche, il rejoint l'appartement où Jeanne vient d'arriver. Elle ouvre les bras. Elyas d'abord s'y jette mais ne veut pas la suivre. Le chausser est toute une histoire. Il se tord et échappe, serre le lion en peluche contre son cœur, jette aux grands-parents son regard fou et humide. Il faut longtemps pour que le calme revienne. Ficelées à la banquette arrière de la Fiat 500 poussive dont le siège inclinable résiste et rend acrobatique son installation, ses jambes cessent de s'agiter. La voiture de Jeanne file enfin dans la circulation embouteillée. Les grues jaunes que distinguent avec peine les yeux embués s'éloignent, jusqu'à devenir un point minuscule dans le ciel gris de la banlieue, la respiration se fait plus lente et régulière. Elyas s'enfonce dans le sommeil. Jeanne le hisse encore endormi dans l'appartement d'Alfortville dont elle grimpe les étages à pied. Le bain qu'il prendra avec sa sœur coule. La nuit est tombée déjà quand il est couché dans la chambre partagée avec Mona, cette sœur dont il ne sait rien d'autre qu'elle est là, plate comme une image dans un lit trop grand pour elle.

Dans l'appartement lugubre, on retient son souffle et on marche sur la pointe des pieds, on n'ose sortir de son lit que lorsque le silence s'est fait après des cris qu'on ne veut ou ne peut pas reconnaître. On a faim et froid, on ne demande rien et on n'attend rien d'autre que le départ de celui qu'on nous force à appeler papa. Celui qui n'est qu'une présence redoutée, dont l'ombre grandit sur les murs et dans nos petites têtes d'enfants qu'on voudrait décoller de nos cous, pour pouvoir enfin rêver nous aussi avec les avions et les grues, s'envoler avec nos cinq ans et le petit lion en peluche au pelage usé, déjà, lui comme nous, trop tôt.

33.

Mai 1976

Mes genoux assez souvent portent de petites croûtes qui disent mes grands combats. J'ignore pourquoi j'aime gratter cette surface qui hésite entre le rouge et le violet, qui durcit puis craquèle comme l'écorce terrestre que la maîtresse a un jour dessinée au tableau.

Ça fait un peu mal, mais j'aime soulever lentement cette peau pour découvrir un endroit tout rose. C'est comme ça au-dedans, on est rose. Surtout la bouche. Dans mon palais tout rose, j'ai enfermé des formules magiques. Mes dents sont grillagées, c'est peut-être pour cela que les mots hésitent. Alors je les berce à l'intérieur. Je passe ma langue sur mes lèvres et je les avale. *Tauromachie, nébuleuse, vilipender, dipterophile, tachycardie…* Ceux-là ont ma préférence. Je les écoute palpiter en moi. Mon cœur d'enfant au bord des lèvres, je sautille ou je galope vers mon avenir. Jamais loin, la chute.

34.

Avril 1977

L'air est noir. Nous entrons dans une salle obscure où plusieurs dizaines de personnes, des mères et leurs enfants surtout, tremblent et rient à l'unisson, installés dans des fauteuils tendus d'un épais tissu de velours rouge. Il a fallu attendre que la fée Clochette illumine le grand écran pour distinguer trois places. Je découvre Walt Disney. Le fils aîné de la voisine qui vient me chercher à la sortie de l'école a gentiment proposé de nous conduire au cinéma, sa sœur et moi. Il s'installe entre nous deux. Assis au premier rang à cause de notre retard, le capitaine Crochet s'approche trop près de moi. Je redoute qu'il me griffe ou pire encore qu'il m'éborgne. Je me fais petite en mon fauteuil mais mon grand voisin comprend ma peur. Il aventure sa main sur mes genoux qu'il a senti s'agiter. J'entre avec Wendy dans le pays imaginaire. Mes jambes ont maintenant cessé leur mouvement nerveux. Je suis blottie dans la cale du bateau dont j'ignore la destination, tandis que mon cœur chavire avec celui du petit garçon vêtu de vert que le pirate menace. Plongée dans le noir, je me recroqueville et pousse un cri que seul mon voisin perçoit. Je sens sa main sous ma jupe. Peter Pan réfugié sur l'arbre du Pendu pour fuir son assaillant n'entend pas mes appels. Les pirates chantent pour tromper leur ennui. Crochet fulmine. Sa main, jetée en pâture à un crocodile, remplacée par un croc, me fait souffrir. Wendy rappelle à ses frères la douceur d'une maman. La lumière se rallume. Je réajuste ma jupe. Les caresses du grand voisin m'ont emmenée vers un territoire nouveau. Adieu les fées et les fables. Je sors de l'enfance en quittant mon siège au cinéma.

35.

Mai 1977

Ma copine Brigitte me sort souvent de l'ennui à l'école. Sa peau est marron, à peine plus foncée que la mienne, mais ses cheveux sont ramenés derrière sa tête en une couette que ni les bourrasques ni les jeux ne parviennent à indiscipliner. Les miens se gonflent sous la pluie et se tordent dans le vent, libres. Les cheveux de Brigitte sont *crépus* m'a-t-on dit, car elle est antillaise. Je pensais que s'ils avaient un nom de galette, c'était parce que son père est pâtissier. Il travaille chez Mammouth ; je le vois parfois quand je cours avec maman dans les rayons, *vite, dépêche-toi je dois aller chercher ton frère à la crèche.*

Avec Brigitte, j'ai organisé l'anniversaire de la maîtresse. J'ai tout prévu. J'ai appris un poème. Le père de ma copine a préparé deux grandes tartes et les a livrées à l'école. Juste avant la récréation, j'ai reconnu sa silhouette fine et son sourire. La maîtresse, ahurie, a ouvert la porte, il a tendu deux grands cartons avec les tartes. J'ai sorti des bougies de mon cartable. Les sourires avaient disparu quand je suis arrivée au bureau. Ce n'était pas l'anniversaire de la maîtresse mais le jour d'une punition exemplaire. J'avais besoin d'une fête, il faut croire.

36.

Juillet 1977

La file s'allonge des voitures enfêtées. Au péage de Villefranche-sur-Saône, stationnent d'improbables véhicules, gonflés des rêves occidentaux que ceux du bled ont listés toute l'année en prévision du retour estival des pères, des frères et des cousins.

Les bâches improvisées dans les sacs de toile rapiécés brinquebalent. On devine des frigidaires et toutes sortes de machines à faire la vaisselle, le café, la couture, la vie facile. Il fait chaud. Les enfants coincés entre les valises se dégagent des banquettes où ils sont engoncés, abaissent les hayons et tendent la tête vers les guérites. On n'avance pas. On grimace. On redevient, sur la grande route, celui que dans les villes aux rues bien propres on s'est efforcé de ne plus être. Dans les retentissements des klaxons cesse l'obligation de se faire discrètement arabe. On parle fort à son proche voisin. On retrouve les formules enfouies, les jurons et les chants qu'on entonne à tue-tête. Il sort des postes de radio des chants millénaires, et des gorges des voix qu'on dirait enrouées. La Tunisie, l'Algérie et le Maroc roulent en convoi et en chansons cahotées sur l'autoroute du soleil.

Au matin, on attendra encore sous un soleil de plomb que s'ouvre l'énorme bouche du paquebot, nos paupières gonflées du sommeil auquel on cédera dans un fauteuil bleu. Un dernier péage à la sortie Marseille. Un barrage de policiers. Ils contrôlent les automobilistes et leur chargement. Notre voiture est sobre. Deux valises dans le coffre. Dans l'habitacle, seulement les peluches qui nous accompagnent, Elyas et moi, dans nos brèves somnolences.

Tu baisses la fenêtre côté conducteur, tends le ticket de péage et t'acquittes des vingt-quatre francs dus. La barrière se lève. Un policier te fait signe de te garer. Tu redescends la vitre. Pas de chanson dans notre voiture. Le silence et la fumée des cigarettes que tu allumes les unes après les autres. Il dit : *Elle est où ta vignette ?* Tu réponds : *Sous le caducée, tu la vois pas ?* Il présente ses plus plates excuses au médecin. Tu voudrais dépendre le serpent du caducée, l'enrouler à son cou et serrer, serrer, serrer fort. Tu accélères en direction du port. Ta colère vénéneuse s'abat sur ta femme et tes enfants.

37.

Juillet 1977

La maison du Bardo s'ouvre sur la lourde silhouette de Zohra.

Zohra ne parle pas le français. Zohra ne parle pas beaucoup. Elle geint ou elle chante. J'observe à la dérobée ses grands yeux noirs cerclés de khôl. Je ne peux détacher mon regard des dessins bleutés qui ornent son visage plissé, ses poignets fins et ses mains vieillies. J'essaie de reconnaître dans ses tatouages la grenouille qui éloigne le mauvais œil et le serpent *Azrem* qui ondule à son menton. On dit qu'il assure la fécondité. Et il est vrai que Zohra a porté dix enfants depuis qu'elle a quitté son sud natal où elle a vécu sous une tente, au milieu des femmes. On dit que pour faire taire la douleur des aiguilles du tatoueur, sa mère faisait ruisseler sur sa peau l'eau qui calme en chantant l'histoire des Berbères[1]. Les figures qui viennent recouvrir son

1. Les Berbères ou *Imazighen* (pluriel de *Amazigh*) sont un groupe ethnique autochtone d'Afrique du Nord dont le nom signifie « homme libre » ou « homme noble ».

corps de jeune vierge ne doivent rien au hasard. Mohamed, son prétendant, a choisi ses éternels bijoux pour attirer la prospérité et la paix sur leur foyer. Alors Zohra serre les dents quand la pointe du *taleb*[1] entaille ses épaules avant d'y répandre les herbes odorantes et colorées.

Son visage est une carte. Je voudrais suivre du bout de mes doigts les pointillés et les traits pleins qui dessinent au-dessous des pommettes la ligne d'une vie accidentée, m'enfoncer dans les sillons de sa peau que découvrent les cheveux ramassés sous un voile mordoré. Mais je n'ose pas m'approcher. Ses yeux noirs me tiennent éloignée. Quelles routes a-t-elle empruntées depuis Chenini avant que je ne la rencontre dans la banlieue de Tunis ? Recroquevillée auprès du *kanoun*[2], le regard dans le lointain, elle attise des braises parfumées de *bkhour*[3] pour les nuits de fête quand, avec l'été, revient son fils chéri. À quoi pense celle dont je ne parle pas la langue quand elle voit arriver Jeanne flanquée de ses deux enfants ? Pourquoi son fils a-t-il quitté cette rive et ses bras aimants pour une femme trop maigre et trop pâle qui ne sait pas l'aimer ? Comment Yacine, le chéri, a-t-il pu prendre épouse dans une fête dont elle était absente ?

Ses lèvres minces qu'elle ne desserre que rarement emprisonnent ses renoncements. A-t-elle reçu les coups

1. Le tatoueur itinérant.
2. Fourneau bas, en terre ou en métal, apparenté au brasero, utilisé en Afrique du Nord pour le chauffage ou la cuisson des aliments.
3. L'odeur de l'encens.

de la main qui jadis faisait d'elle la plus jolie des princesses tatouées du village ? Les papillons et les hirondelles sur son corps ne l'ont-ils pas protégée des sourdes colères de son mari, mon grand-père, qui ne sort désormais du silence que pour psalmodier et prier Allah, le front abaissé sur son tapis orné des mêmes motifs ?

Zohra détourne son regard quand elle surprend le mien. D'un geste sec, elle fait disparaître sous un foulard aux couleurs vives une mèche rebelle de cheveux noirs. Elle ajuste son voile, mais à son front dépasse un motif que mon imagination s'entête à reconstituer.

38.

L'été, tous les étés

Il y a du sable dans la voix d'Elyas. La voix neuve de mon frère compte. *Wahed, tnine*[1]. Chaque fois que la vieille balle de cuir pénètre la cage, terre grattée entre deux échoppes endormies aux heures chaudes, s'ouvrent des yeux élargis sous les masques de terre battue. Des bouches roses et riantes éclatent des salves de cris. *Tlata, arba, khamsa*[2]. Mon frère suit dans leurs jeux les enfants du quartier, autour de la rue Sadok-Thabet au Bardo. Lui court après les ballons et les chats, moi je plonge dans les livres. Les miens d'abord, vite épuisés. Ceux de ma mère ensuite.

À la fin de l'été, il parle l'arabe, les mots qui sortent de sa gorge sont rauques mais ils viennent, joyeux, se bousculer dans l'enfance dénichée avec la *kharbgua*[3] et

1. « Un, deux ».
2. « Trois, quatre, cinq ».
3. Jeu ancestral très populaire en Afrique du Nord, un jeu de stratégie qui se joue au sol, sur la terre avec des moyens sommaires :

le *khamsa kiiibet*[1]. Les mains de mon frère ont lâché le lion en peluche. Ouvertes. Les osselets glissent entre ses doigts. Il joue dans le soleil. *Setta, seba, tmanya, tesa, achra*[2]. Il a trouvé l'enfance.

Moi, j'en sors, plus femme, sur les ailes d'oiseaux qui se cachent pour mourir. J'ai aimé fougueusement, offert mon corps à des prêtres, mes mains sous les draps moites ont exploré des territoires interdits. Je ne parle pas l'arabe mais je reconnais les parfums suaves, *les riches plafonds, les miroirs profonds, tout parle en secret sa douce langue natale.*

Je n'ai pas pu apprendre l'arabe. Les mots étranglés dans ma gorge, logés en un goître noueux, n'en sortent qu'avec ce livre.

---

le damier est virtuel ou marqué dans le sable, et les pions sont constitués de petits cailloux noirs et blancs, de noyaux de dattes ou de capsules de soda. La formule « *ach kalbak mat* » signale à l'adversaire qu'il se fait prendre un pion.

1. « Osselets » en arabe.
2. « Six, sept, huit, neuf, dix ».

39.

Juillet 1977

Un homme s'agite dans la télévision. À heure fixe, il gesticule devant les cartes de territoires qui me sont inconnus ou harangue des grappes de jeunes gens qui lèvent haut les bras et scandent son nom en rythme. Ils promettent de servir le père de la Jamahiriya[1] arabe libyenne, l'État des masses. Les mots s'étranglent dans sa poitrine que ceint une écharpe verte. Tous déchiffrent avec le Guide les premières partitions du petit livre qu'il brandit. Des femmes, jeunes, ont quitté le voile blanc du safsari pour le treillis. Elles chantent avec lui l'hymne de la troisième théorie universelle[2]. Elles glorifient celui qui remplacera le capitalisme et le marxisme, qui a déjà

---

1. La Jamahiriya arabe libyenne est le nom officiel pris par l'État libyen, de 1977 à 2011, sous le régime politique de Mouammar Kadhafi.
2. La troisième théorie universelle, encore appelée kadhafisme, est la doctrine politique conçue par Mouammar Kadhafi et exposée dans son ouvrage, *Le Livre vert*, 1975.

donné du pain aux affamés, ouvert les écoles aux enfants des rues et armé les bras des plus jeunes. La révolution va triompher. On chante. Les bassins ondulent.

De l'autre côté de l'écran, mes oncles et moi attendons en frétillant les keftas persillés dont les parfums affluent de la cuisine. Ils sortiront après le dîner. Toute la maison grésille. *Hot pants.* Puis un autre homme agite dans le poste ses fesses rebondies et moulées dans un pantalon blanc. Je me tortille sur ma chaise. J'entends son cœur battre contre le mien, vais-je le voir s'extraire de sa poitrine débraillée pour plonger dans la chorba que Fadila vient d'apporter ? La chaleur dans tout mon corps prépubère. Les oncles attablés avec moi portent des chemises blanches qu'ils prennent bien soin de ne pas tacher avant de se jeter dans les nuits d'été, leur petit bouquet de jasmin derrière l'oreille. *Hot pants smokin'!* La fumée des cigarettes embrume l'écran. Ils saisissent les boulettes de viande à pleines mains. James Brown sur leurs lèvres que l'huile d'olive fait briller. Je sors avec eux. Sur le trajet qui nous conduit jusqu'à l'avenue Habib-Bourguiba, les fleurs de jasmin s'ouvrent. Oubliés les treillis des Libyennes, leurs combats pour la Palestine. Préférées les robes fleuries des touristes tout contre leurs chemises immaculées.

40.

L'été, tous les étés

Chems. C'est le nom du soleil en arabe. C'est aussi celui d'un hôtel arrogant. الشمس. Par intermittence, cinq rayons artistement dessinés brillent au-dessus des grands rectangles de verre qui glissent l'un sur l'autre et engouffrent par flots les touristes. Depuis l'indépendance, la façade balnéaire de la Tunisie profite de la ruée vers le soleil des estivants européens. Le petit pays change de visage. Les Tunisiens jeunes et moins jeunes désertent les terres infertiles de l'intérieur pour offrir leurs bras. Les damnés de la mer laissent dans les campagnes arides des sœurs à marier, des épouses aux douleurs muettes ou des mères éplorées. Beaucoup viennent maçonner les rêveries architecturales de complexes hôteliers de plus en plus nombreux en bordure des plages. D'autres, mieux lotis, trouvent, grâce au *wasta*[1] qui les

1. Personne influente qui recommande, assure la protection des travailleurs, favorise leur promotion.

pistonne, à s'employer comme bagagistes ou comme serveurs. Sur les chantiers que les contremaîtres visitent, on remarque les maladroits. Leur certificat d'études est leur bénédiction. Le français qu'ils parlent convenablement leur ouvre grand les portes qu'ils franchissent à l'aube, en masse silencieuse, tandis que dorment encore tous ceux à qui ils devront offrir un sourire blanchi et des mets sucrés sur des plateaux ouvragés.

Chems ! Dans le hall de l'hôtel climatisé, les chefs de rang tendent aux nouvelles recrues deux paires de chaussures, deux pantalons, deux chemises, deux vestes, une serviette, une brique de savon et un flacon de shampoing. Changer de peau s'apprend vite. Avant le début du service, on inspecte les mises, les barbes et les ongles, on renifle les aisselles. À ceux-là qui n'ont jamais tenu ni couteau ni fourchette, on inculque les bonnes manières, le flambage, le service à la française ou à l'anglaise. Ne jamais poser de cure-dents sur la table des Britanniques qui s'offusqueraient de ce signe funeste. Ne pas se pencher au-dessus des tables, ne pas imposer son souffle, ne faire que répondre aux sollicitations.

Devant Yacine et Jeanne, échappés de la maison familiale du Bardo et qui voulaient entrer au *Chems* pour dîner, les portes se referment. La colonie de vacances ne s'ouvre pas aux autochtones ! Sur l'insistance de ta femme, les rectangles de verre enfin coulissent. On dresse pour vous deux une table dans l'ombre. Le vin ce soir a un goût amer.

41.

Été 1977

On se presse sur l'avenue Habib-Bourguiba. Un bourdonnement inouï gronde depuis des heures. La colère venue d'en haut s'intensifie. On se met à courir sous le ciel noirci qui menace de s'effondrer. Dans notre troupe guidée par la tante Mounira, il n'y a que des enfants. Je suis la plus âgée et je ferme la marche. Je serre la main de mon frère dans la mienne. Fort. J'ignore de quel danger le protéger mais la peur monte. Elle s'abat bientôt sur notre petit groupe perdu dans les rues toutes pareilles. On crie. Je crois reconnaître la grille ouvragée de notre maison mais non. Des ailes me frôlent, des pattes s'accrochent à mes cheveux, ma jupe se couvre d'insectes si nombreux que leur cuirasse jaunâtre est maintenant noire. J'ai lâché la main d'Elyas pour leur interdire l'accès à ma bouche. La peur se loge à l'intérieur de moi, immense et muette. Mes pieds déjà ne foulent plus le sol. J'ai placé mes mains sur mon visage et mes deux pouces dans mes oreilles pour que se taise le vrombissement des criquets pèlerins assoiffés. La nuit est là maintenant.

Où est mon frère ? J'écarte juste assez les doigts pour distinguer de grands yeux à facettes surmontés de trois yeux simples. Je ne sais pas qui regarde l'autre. Si près de moi, les puissantes mandibules vont me découper et me broyer. Les dents pointues forment une courte scie qui siffle dans ma tête. Quelle formule fera partir ces bêtes venues de la nuit des temps pour me punir ? Sur mes cuisses, je sens s'étirer le gros abdomen des femelles. Elles cherchent une cavité où abandonner les œufs fécondés et les recouvrir de l'écume d'où des centaines de larves s'extrairont dans quelques jours. Où est mon frère ? Se peut-il qu'il se soit perdu dans cette nuit d'été ?

La maison apparaît enfin. Les criquets se sont envolés vers l'oued où étancher leur soif. On n'entend plus alors que le petit chant plaintif et solitaire d'un égaré.

42.

Été 1977

La sieste imposée par la chaleur retient chacun dans sa chambre. Je me faufile dans le couloir de mosaïque bleue et verte, j'y applique longuement la paume de mes mains pour en retenir les motifs compliqués et sentir le carrelage frais à mes pieds. Ta voix tonne dans la maison du Bardo. Je me glisse jusqu'au jardin où pendent les fruits gorgés de soleil et me cache sous mon mimosa préféré. Je rassemble les petites boules fleuries et les compte. Une deux trois quatre…

Où est ma montre ?

Ça sent moins bon que le jasmin, le mimosa, mais c'est doux sous les doigts. Sept huit neuf dix onze… J'aimerais en faire un bouquet mais je ne veux pas casser les branches de l'arbre, je ne veux pas qu'il ait mal. Je me saisis de feuilles tombées à terre, un peu ourlées et fanées, elles deviennent mon éventail. Neuf dix onze cinq…

Tu as dû l'offrir à ton amant, sale pute.

Les feuilles de mon éventail piquent un peu quand je les approche trop de mon visage. Treize quatorze quinze… *Ach-hadu Anna la ilaha illa-l-lah Hayya 'ala-l-falah.* Venez à la félicité, *As-salatu Khayru min an-naūm.* La prière est meilleure que le sommeil. Sous mon mimosa le muezzin chante à mon oreille.

Elle est où cette montre ?

Je m'envole vers la mosquée. Dans un profond recueillement, des hommes se tiennent debout, tournés dans la direction de la Qibla. Ils lèvent leurs mains jusqu'aux racines des oreilles ou jusqu'à la hauteur des épaules, les doigts entrouverts ou fermés, légèrement tournés vers le ciel.

Cette montre, c'est ce que j'ai de mieux ici, mais avoue que tu lui as donnée.

Je pose la plante de mes pieds sur le tapis sacré des dévotions.

Mais tu l'as sûrement vendue, tu es sans doute obligée de faire payer tes services.

Douze treize quatorze quinze…

Aucun homme ne voudrait de toi parce que t'es moche !

D'une seule voix, ils prononcent le takbîr[1], *Allahu Akbar,* Dieu est le plus grand. Ceux qui se taisent remuent la langue. *La ilaha illa-l-lah.* Il n'y a pas de vraie divinité hormis Allah.

Je t'en supplie, Yacine, non.

---

1. La prière prononcée en s'inclinant.

Ils abaissent maintenant leurs paumes pour dire leur *niya*[1] tandis que la tienne frappe encore et encore. Toujours debout, les fidèles maintiennent leur bras le long du corps ; certains ont placé leur main droite sur la gauche, au-dessous ou au-dessus du nombril et prononcent les formules pieuses *isiiftâh, HsiVâdza*[2]. Mes larmes, jaunies du mimosa peut-être, inondent les tapis de leurs prières. Les hommes chantent la *Fâtiha*[3]. Maman est à terre. Ils s'inclinent profondément, posent leurs doigts écartés sur leurs genoux. Ils demeurent longtemps dans cette position, le dos aussi droit que possible, et la tête dans le prolongement horizontal de la partie supérieure du corps. Ils relèvent la tête en prononçant une autre formule et redressent leur buste, de sorte que chaque vertèbre reprenne sa place. Ils restent ainsi un moment immobiles, les bras le long du corps. De nouveau, ils se prosternent. Maman, à genoux, incline le buste et touche le sol de ses mains et de son front. Sur son visage la marque de ton pied gauche. La *rak'a*[4] s'achève. Tes yeux injectés de sang n'ont pas lu l'heure de la prière à la montre que tu portes au poignet.

---

1. « L'intention » en arabe.
2. « Je cherche refuge. Je me place sous la protection d'Allah. »
3. Louange à Allah.
4. Itération des mouvements et supplications prescrits au cours de la prière.

43.

La transmission du virus de la rage (genre *Lyssavirus*) survient par contact direct avec la salive d'un animal contaminé par morsure, griffure ou encore léchage sur la peau excoriée d'une muqueuse. La contamination d'homme à homme est exceptionnelle (transplantation d'organes, transmission de la mère au fœtus).

Le virus rabique est neurotrope : il infecte le système nerveux et affecte son fonctionnement. Il ne provoque pas de lésions physiquement visibles dans le cerveau mais perturbe les neurones, notamment ceux qui régulent des fonctionnements autonomes comme l'activité cardiaque ou la respiration. Après quelques jours à quelques mois d'incubation le plus souvent, l'individu atteint développe un tableau d'encéphalite. La phase symptomatique débute souvent par une dysphagie (difficulté à avaler) et des troubles neuropsychiatriques variés, notamment l'anxiété et l'agitation. L'hydrophobie (spasme involontaire des muscles du cou et du diaphragme à la vue de l'eau) est parfois observée. Une fois les signes déclarés, l'évolution se fait vers le coma et la mort en quelques heures à quelques jours. Hormis quelques cas décrits, l'issue est toujours fatale lorsque la maladie est déclarée.

44.

Mars 1978

Sainte Anne, priez pour lui, l'indocile allongé retenu par les sangles, celui dont un peuple de démons ribote le cerveau. Que ses veines s'irriguent de nouveau d'un sang clair, que de ses mains cesse le tremblement. Que ses mots redevenus caresses se posent à nouveau sur la blanche peau de l'épousée. Que ses ailes de géant, qui piteusement aujourd'hui traînent derrière lui, s'ouvrent grand dans le ciel de la Tunisie retrouvée.

Un matin ils partiront. Yacine, en sortant de l'institut où l'on a mis plusieurs mois à terrasser le désordre dans son corps, le promet. Ils iront s'installer à Gabès, là où un hôpital sort de terre et réclame des médecins. Yacine y oubliera la drogue, les insomnies et la panique. Il ne frissonnera plus dans le soleil. Et Jeanne songe à la douceur d'aller là-bas vivre ensemble.

45.

Juillet 1978

Dans une lettre courte et efficace, Jeanne a annoncé son prochain départ pour Gabès. Elle a vite griffonné les mots qui annoncent sa démission. Après avoir déposé Elyas chez ses parents, elle a fait, avant d'aller à Gustave-Roussy, un détour par la poste, rempli le formulaire adéquat et confié à la guichetière la petite enveloppe qui contient son irrévocable décision. L'horloge indiquait 8 h 13 à son arrivée au laboratoire. Cette fois, ce n'était ni la circulation dense qui était cause de son retard, ni la difficulté à trouver une place au parking. Non.

En sortant de la poste, elle s'était figée, les yeux dans le vague, assise au volant de la Fiat 500 dont elle ne se décidait pas à enclencher le starter. Elle avait hésité un temps, était retournée sur ses pas. Sans tous ces gens agglutinés devant l'hygiaphone, pressés d'envoyer des mandats, des télégrammes ou des injures au receveur qui ne perd rien pour attendre et dont on se plaindra à qui de droit, Jeanne aurait récupéré sa lettre. Elle aurait conservé son poste de laborantine, au milieu de cette équipe qu'elle aime bien et qui l'a si souvent assurée de son soutien quand, le matin, ses yeux cernés et ses pommettes saillantes et bleuies parlaient pour elle.

Elle aurait gardé sa place devant la paillasse, peut-être même qu'elle aurait fini par céder aux avances d'Hervé qui la fait rire, mais qu'elle fuit pour éviter les ennuis. Et parce qu'elle est mariée avec un grand homme, mère de deux jeunes et beaux enfants, et parce qu'une vie au soleil l'attend dans le sud tunisien, ni trop près ni trop loin de sa belle-famille, là où ils pourront prendre un nouvel envol, là où Yacine et elle auront une grande maison, un bateau, une belle vie et peut-être encore un autre enfant, le troisième, né de l'amour et des promesses ravivées ; lui grandira dans le soleil et la mer des poèmes.

Aux vacances, elle ira rejoindre Yacine qui, depuis plusieurs semaines déjà, travaille dans ce nouvel hôpital tout juste sorti du désert et donne des consultations dans le petit cabinet qu'il a ouvert en ville. Il a trouvé, dans un quartier où vivent des familles de Français expatriés par la société Creusot-Loire, une jolie maison avec un grand jardin, un figuier qui pousse les pieds dans le sable et un superbe mimosa déjà fleuri.

Ce soir, elle se tient debout, tout sourire au milieu des collègues venus la fêter et boire à son nouveau départ. Elle porte à la hauteur de ses yeux un verre de plastique. Les bulles de champagne ont du mal à pétiller. À ses lèvres, les mots hésitent. Elle regarde autour d'elle.

Ses pieds s'enlisent dans le sable. Elle n'aime pas les dernières fois. Elle remercie. Les larmes l'empêchent de lire les gentilles attentions qui l'accompagnent. Vite, elle file.

L'appartement d'Alfortville est désormais vide. L'état des lieux est pour demain. Elle descend dans la cave les derniers cartons qu'on n'emportera pas. De l'un d'eux dépasse un petit morceau de tissu brun, un peu élimé. C'est le chien Gneugneu. Il ne fera pas le voyage. Je suis grande maintenant. Je ne veux pas que ce doudou m'accompagne. Je l'ai moi-même placé dans ce carton d'où j'ai hésité à l'extraire. Et puis non. Je l'ai enveloppé dans le petit drap coloré du lit de ma poupée. J'ai parfumé son cercueil. Je l'ai paré pour toutes les nuits de solitude. J'ai glissé sous sa tête un petit coussin frais. Son oreille ballotte au rythme des pas de maman dans l'escalier. Bientôt, il se pourrait que je l'appelle. Peut-être n'entendra-t-il jamais les pleurs que je réprime, perdue dans la grande chambre de Gabès, seule avec l'invisible grillon qui fredonne cet air que je ne connais pas ? De Gneugneu, j'ai conservé l'odeur de mes nuits d'avant et une des billes dont étaient faits ses yeux. Elle roule sous ma paume, lisse, elle roule, loin. Mon enfance s'éloigne avec les rêves de maman.

46.

Août 1978

La terre du jardin se lézarde sous le soleil. Le sable s'invite dans l'été de mes huit ans. Poussées par le siroco, des milliers de fines billes de quartz viennent se loger dans les grandes pièces de la maison encore vide de Gabès. C'est doux sous la plante de mes pieds nus. Les grains se déplacent, lentement. Par endroits, ils forment de petits monts que j'aplanis de mes paumes. Je les caresse.

Nous sommes arrivés la veille en louage, une de ces camionnettes dont les compteurs affichent des kilomètres par milliers et qui trimballent huit passagers à travers le pays. Devant, les hommes parlent fort dans cette langue que je ne comprends pas. Le chauffeur transpire. Derrière, chaque virage me colle à la peau moite de ma voisine de voyage. Elle sent une odeur que je ne connais pas. Je devine les bagues de ses doigts aux petites bosses que sa main gauche forme sous le voile blanc qui la soustrait aux regards. J'écoute le cliquetis des bracelets d'or qui entourent ses poignets ronds. Je découvre l'intérieur rouge brun de sa main droite. La jeune épousée doit rejoindre la vie qui l'attend dans le sud tunisien.

Ma mère, mon frère et moi avons débarqué au petit matin à La Goulette[1]. Dans l'agitation du port et dans le soleil, nous découvrons le pays où nous allons vivre désormais, loin de la vie parisienne où l'histoire de nos parents s'est abîmée. Retrouver la Tunisie de leur rencontre, au recoin de l'été 1966. Elle a empaqueté quelques affaires, habillé ses enfants pour un éternel été. Elle est partie sans se retourner pour entrer dans la chaleur du couple retrouvé.

Après la traversée, elle a cherché un taxi collectif pour nous conduire dans le sud. Nous sommes là, tous les trois devant le coffre béant de la camionnette. Mon frère est à peine plus grand que la valise qui contient l'essentiel de nos vies. Une main dans celle de ma mère, dans l'autre le lion en peluche qui jamais ne le quitte. Nous prenons la route. Une petite boule se forme dans mon ventre. Elle grossit en chemin.

Ma voisine me sourit et me parle. De ma gorge sèche, les mots ne sortent pas. J'arrive à Gabès dans le silence. Ce sera mon territoire. Le trajet est long jusqu'à la maison. Le vent s'est levé, une pluie de sable recouvre le pare-brise. La route est encombrée. On marche, on court, on pédale sur les chemins. On croise des charrettes et des ânes. Des chiens suivent la voiture un moment. On

1. Port de Tunis.

arrive et c'est la nuit. Les nuits de Tunisie seront longues. Je l'apprends ce premier soir. Je pénètre dans la maison vide. Dans la chambre, tout au bout du couloir, où je dormirai seule, s'est logé un grillon. Ma gorge est sèche mais lui chante avec le vent. Le sable siffle, il entre dans ma tête d'enfant. Je deviens clepsydre. Je ferme enfin les yeux.

47.

Septembre 1978

Chaque jeudi, arrivent les lettres de ma grand-mère. Une grande enveloppe en contient trois : une pour ma mère, une pour mon frère et une pour moi. Je laisse maman lire à Elyas les signes qu'il est encore trop jeune pour déchiffrer tandis que je m'installe dans un coin du salon. Je déplie au sol le petit rectangle blanc traversé de lignes horizontales et j'observe les caractères denses. Son écriture fine emplit tout l'espace. Elle achève parfois ses phrases dans les marges. Les dimensions de la petite feuille ne suffisent pas à contenir les nouvelles de la semaine. Est-elle, quand elle pose son stylo, prise des vertiges qui m'assaillent quand j'achève ma lecture ? Est-ce pour cela que je diffère le moment de me jeter dans ses mots sur l'autre rive ?

Avant de lire les nouvelles, je repère les majuscules. Dans l'air, j'imite les pleins et les déliés. C'est le H qui a ma préférence. Il n'y en a pas souvent dans ses lettres. Elle n'appelle pas Henri par son prénom. Elle dit papy.

Je l'imagine attablée dans la maison de Dordives où mon grand-père et elle ont pris leur retraite. Elle m'apprend que le prunier s'est montré généreux, que les hirondelles sont revenues la saluer dans la cuisine ouverte sur le jardin avant d'aller nicher dans la cave. Elle fera très bientôt des salades de pissenlits. Ma grand-mère mange des fleurs. C'est sans doute pour cela qu'elle sent si bon. Je lis puis je copie des lignes et des lignes de H sur mon cahier de brouillon. Mais l'encre bave sur le papier gris et mon nom, HAMRHANI, se salit.

48.

Novembre 1978

Tu es revenu un soir, après une de ces absences sur lesquelles jamais les mots ne se hasardent. Tu tiens entre tes bras une peau de chèvre. Ça sent fort. La viande boucanée. Tu as fini par dérouler cette peau qui s'agite. Tu souris. Tu attends les questions que personne ne pose. Tu viens placer la peau à mes pieds. S'en extrait un chiot noir et blanc, égaré dans la cuisine où nous avons commencé à dîner sans toi. La petite bête s'aventure dans la maison. Mon frère quitte la table sans permission, un sourire aux lèvres, le chien à ses trousses. On l'appellera Ulysse. Un berger dont tu as soigné le frère te l'a offert. Tu n'as pas su dire non et puis, c'est bien un chien dans une grande maison.

J'ignore ce qu'est devenu Ulysse lorsque nous sommes partis. Dans mes rêves, il dort pour toujours dans la 2 CV de maman. Il sait bien qu'il n'a pas le droit d'y monter mais il aime tant les voyages. Installé sur le tapis de sol côté passager, il s'est fait petit et silencieux. La petite dune formée par le *sirocco* porte l'empreinte de son corps. Il sera bientôt entièrement recouvert de tous ces grains infiltrés par la capote qui ne ferme plus que péniblement et que plus personne ne manipule depuis longtemps. Il dort dans la voiture posée sur des cales, désossée par de pauvres hères qui auront eu besoin de pneus, d'essuie-glaces ou de rétroviseurs. Ulysse ne regarde pas en arrière. Il jappe dans son sommeil. Plutôt, il émet de petits grincements dont on ne saurait dire s'ils sont tristes ou heureux. Ses pattes s'agitent dans le sable. Il les tend vers nous au retour du magasin général ou de l'école. Personne n'attrape cette patte tendue. Nous avons quitté Gabès, notre Ithaque et son palais de lumière, les soieries et les épais tapis pour retrouver le sol triste et gris d'une campagne où jadis maman vécut une autre vie, avant nous, dans la tristesse déjà d'une enfance malheureuse, attendant ses parents pour la sortir des griffes d'une acariâtre grand-mère, attendant son prince pour faire d'elle une femme, attendant les nuits de feu.

On ne t'espérait pas, Ulysse. Mon père t'a sorti du linceul qu'on n'avait pas tissé, il t'a déposé à mes pieds dans le palais que tu n'es pas parvenu à remettre en ordre. Tu es venu à nous, Ulysse, sous les traits d'un mendiant. Tu jappes pour toujours dans mes nuits sans sommeil, ton aboiement heureux, ta morsure agréable.

C'est bien un chien, dans une maison ou trop vide ou trop pleine de cris.

49.

Décembre 1978

Noël à Gabès n'est pas vraiment une fête. Le quartier s'est vidé des coopérants partis retrouver leurs familles. Les rues ne résonnent plus des rires d'enfants entassés dans les voitures. J'aime quand c'est notre tour pour le ramassage ; maman soulève la capote de la 2 CV et parfois ce sont jusqu'à huit têtes qui dépassent et l'encouragent dans sa course folle à travers la ville. Direction l'école de l'Alliance française. On ne gagne pas souvent contre la CX des Demonsang qui vivent de l'autre côté de la rue, mais lorsque cela arrive, une fierté joyeuse m'emplit.

Quand vient l'hiver, les journées d'école sont plus longues et la pluie nous retient à la maison. Le jardin de la belle saison où le figuier abrite mes secrets s'éloigne. Je le cherche du regard dans l'obscurité. J'ai tant de choses à lui murmurer. Je passe un temps très long à regarder rouler les gouttes sur la fenêtre de ma chambre. On dirait des larmes. Toutes ont la même forme. Certaines cependant rejoignent plus vite que d'autres la terrasse où elles disparaissent. J'aimerais les suivre jusqu'à l'oued. Me baigner dans les larmes salées. Et pleurer moi aussi à faire grossir un fleuve.

Mais cette année, mamie me l'a annoncé dans l'une de ses lettres, mes grands-parents nous rejoindront pour les fêtes. Depuis, en plus des larmes aux fenêtres, je compte les heures qui me rapprochent du moment où j'apercevrai derrière les douaniers sa petite silhouette et son œil rieur.

Arrive enfin le jour de se rendre à l'aéroport de Djerba. On prend le bac pour gagner l'île. Mon frère est un pirate et je suis la princesse séquestrée dans la cale qu'un corsaire à l'œil bandé viendra délivrer. La traversée trop rapide ne me laisse pas le temps de m'extraire de mon cachot. Dans la lumière crue et les annonces en toutes les langues, je trépigne. Je les vois maintenant. D'abord les cheveux blancs et la haute stature de mon grand-père. Je reconnais plus loin le boitillement de mamie. Ils sont retenus à la douane derrière une cabine en verre. En sort un petit homme qui ordonne d'ouvrir les valises. Ses gestes sont secs. Il éventre des paquets. Nos cadeaux. Maman détourne le regard d'Elyas. Il ne verra ni le camion de pompiers ni les postures impudiques des peluches étalées sur le tapis noir. Mes yeux fixent une petite tache d'un rose vaporeux. Le père Noël est mort ce soir. Gisant sous le sapin. Ma danse de sabbat accompagnera ses funérailles.

50.

PHOTO

Je me tiens devant notre improbable arbre de Noël. D'un geste vigoureux, la veille, Béchir a scié le tronc d'un petit conifère qui ne verra pas le printemps. Avec peine, maman et lui l'ont ensuite emprisonné dans un grand pot de terre cuite empli de sable et de cailloux. Ses bras épineux qui autrefois faisaient le désespoir des singes se courbent vers le ciel. Il penche un peu. Sait-il qu'ici la prière est vaine ? Les étoiles ne brillent pas dans la nuit.

Les bras en croix. La pointe des pieds tendue. Je porte le tutu rose échappé la veille de la valise de mes grands-parents. *Embaumant le parfum, j'esquisse des pas de lotus. Et malgré la tristesse, marche le pied léger. Je danse à la manière du vent, sans laisser de trace physique.*

Je suis une petite Chinoise. Pour plaire au prince, mes pieds minuscules sont devenus fleurs de lotus. *Regarde-les dans le creux de ta main, si incroyablement petits qu'il n'est de mot pour les décrire.* Mes orteils embaumés sous les bandelettes sont des pétales, je suis la fleur, je suis ton trône. *Mais grande est ma douleur sitôt que je veux marcher.* Je dessine des arabesques. Je quitte le sol. J'ouvre mes ailes à la nuit et je danse. Au matin, j'entrevois la rive nouvelle où poser mon cœur et mes pieds blessés, la source où noyer mes chagrins.

Quand j'ôte mes chaussons, la plante de mes pieds rencontre les épines.

Qui donc a pris cette photo ?

51.

Mars 1979

Elyas n'a pas quatre ans. Le petit lit de sa chambre, au fond du couloir, est vide. Les draps sont encore mouillés de la peur qu'il n'a su retenir. Il a enfilé à la hâte un pyjama sec et un pull attrapés sur l'étagère. Le tabouret renversé devant l'armoire témoigne de ses efforts pour l'atteindre. Il a chaussé les baskets qu'il ne sait pas encore lacer et qu'il ôte le soir en forçant, laissant sur leurs talons les empreintes de boue qui lui valent parfois des réprimandes, souvent des coups. Il est monté sur son vélo dont on vient de retirer les roulettes. Il est parvenu à ouvrir la petite porte du jardin qui ne ferme pas bien. Il a quitté la maison pendant que tout le monde dormait encore ou s'attardait au lit pour n'avoir pas à affronter une nouvelle journée pleine des silences qui succèdent toujours aux nuits de feu. Il faudra du temps avant que l'on ne s'étonne de son absence. Elyas est transparent. À peine audibles les « oui » auxquels il répond à toutes les questions qu'on lui pose.

Mais enfin l'heure du déjeuner est arrivée et on n'a encore vu ni son sourire triste ni le lion en peluche qui prolonge sa main. Elyas est parti.

Jeanne l'appelle, le cherche, ouvre une à une les pièces de la maison silencieuse. Elle téléphone aux voisins. Elle sait qu'il est amoureux de la petite Céline à laquelle on l'a marié pour rire à l'occasion d'un goûter festif. Mais il n'a pas rejoint sa fiancée.

Alors elle part à sa recherche dans le quartier où les maisons en construction laissent ouverts les puits dans lesquels elle redoute qu'il soit tombé. Jeanne appelle. Bientôt sa voix est un cri.

Les chaussures de ma mère se couvrent de poussière, de sable. S'attirera-t-elle aussi tes foudres si ses pas laissent des traces dans la maison désertée ? Je m'efforce de ne pas toucher le sol. C'est facile. Je tourbillonne dans le quartier. Enfin elle décide de prendre la voiture et m'embarque dans la 2 CV. Elle fonce sur la grand-route dont elle ne regarde pas les virages, trop occupée à chercher au bord des oueds et sur les bas-côtés la silhouette brune et frisée d'Elyas.

Des chiens errants accompagnent notre quête. Ont-ils flairé le lion ou la peur ? Un aboiement soudain résonne et maman donne un grand coup de volant. Un petit point écarlate dans le lointain. On reconnaît mon frère à son petit vélo rouge.

La route de Gabès à Sfax s'étale en lacet sur une bonne centaine de kilomètres. C'est cette route qu'emprunte le vélo d'Elyas. À vive allure, faufilé entre les voitures et les charrettes, il fuit la rage de mon père. Il pédale vite au milieu des klaxons et n'entend pas les cris. Sa petite silhouette fragile s'empoussière. De son visage, on ne distingue plus que les grands yeux stupéfaits. Personne ne s'étonne de ce gamin d'à peine quatre ans lancé dans la circulation bruyante. Il pédale vite et il oublie tout. Que la veille il tournait autour du puits, les mains sur la tête, sous le soleil accablant et les coups. Que ma mère suppliait son bourreau d'arrêter sa main lourde. Que la nuit une fois encore il a mouillé ses draps. Qu'il existe des enfants dans le quartier dont les pères sont aimants et les jeux simples et drôles. Sa grande sœur épargnée sans raison de la folie paternelle. Jusqu'à son nom. Il se perd. Pour la première fois.

Cet enfant au regard de pierre est mon frère. J'ai oublié son corps mais pas ses yeux tristes et fous.

52.

Avril 1979

Maman ne pourra pas conduire la tribu à l'école ce jour. C'est son tour pourtant mais la 2 CV restera sous le mimosa. Longtemps. Plus une goutte d'essence dans la voiture. Le sable dessine des vagues sur la capote relevée, entre les essuie-glaces et au coin des fenêtres devant lesquelles je me suis postée après t'avoir entendu claquer la porte. Sur la maison dont les murs ont tremblé de ta colère s'est redéposé le silence. Tout mon corps se tend hors de ma chambre. Longtemps. Je ne peux pourtant me résoudre à en sortir. Je regarde les petites boules jaunes et duveteuses qui bientôt recouvriront le pare-brise. Je distingue enfin les bribes d'une conversation téléphonique. Qui maman peut-elle appeler si tôt ? À qui dire que tu es parti, sans un regard pour celle que tes coups ont atterrée, sans une pensée pour tes deux enfants que tu laisses dans cette grande maison dont les placards sont aussi vides que votre compte en banque.

Tu n'as pas pris le chemin de l'hôpital de Gabès ce matin mais celui de l'aéroport. Mes grands-parents promettent d'envoyer au plus vite de l'argent mais en attendant le providentiel mandat, il faut ravaler sa fierté et raconter que le grand docteur a été appelé à Paris, où Jeanne devine qu'une maîtresse l'appelle. Il lui faut maquiller son visage meurtri, arborer un sourire gêné pour demander aux voisins de nous dépanner car, dans l'urgence, il est parti emportant avec lui toutes les cartes de crédit et les clés de la voiture. *Vous savez comment sont les grands savants que la passion anime ; ils oublient les futilités du quotidien, toujours animés qu'ils sont par une juste cause à défendre, une vie à sauver.* Mais oui, bien sûr, tout le monde comprend cela. La générosité de mon père dépasse les frontières du quartier.

53.

Juillet 1979

Un jour nous avons tout quitté. La grande chambre au fond du couloir le chien Ulysse la 2 CV l'école les plages l'été sans fin le sable sous les portes les figues du jardin les amis la maison au carrelage frais les mantes religieuses la fiancée d'Elyas les plats à tajine les écritures indéchiffrables au bord des routes les volets des échoppes se soulevant dans un bruit de métal rouillé bien longtemps après les siestes les youyous les cahiers aux feuilles brunes et si minces que l'encre y bave les photos les citrons confits les jouets les caméléons les jours de fête les robes à smocks cousues par maman selon les patrons des numéros de *Modes & Travaux* régulièrement envoyés depuis la France les cadavres de vélo abandonnés aux fossés l'hôpital de Gabès la peau de chèvre qui servait de descente de lit le tutu rose les grappes de fleurs qui ne s'ouvrent que le soir et que pour cette raison on nomme « belles de nuit » le magasin général la confiture de coing l'invisible grillon qui chante dans ma chambre les yaourts trop sucrés les lettres hebdomadaires les maisons en construction qui abritaient les jeux interdits les poupées Barbie les tentatives de réconciliation les dettes les rires l'enfance.

Tu as déserté la maison depuis plusieurs semaines.

Maintenant, nous sommes là, maman, Elyas et moi, à patienter, assis sur des sièges de plastique jaunis, que l'on invite les passagers du vol Air France AF7358 à destination d'Orly à embarquer. Nous sommes bien trop en avance. Maman nous interdit de nous éloigner. Pourvu que l'avion n'ait pas de retard. Comment dans une telle hypothèse prévenir les grands-parents venus nous chercher ? Rivée à mon fauteuil, je détaille le contenu des boutiques d'où sortent les touristes écoulant leurs derniers dinars. Une toute petite darbouka en terre cuite me fait envie. Je n'ai jamais su en jouer mais j'aime le son des mains qui frappent en cadence la peau tendue. Mes yeux se fixent sur le corps de céramique étranglé en son milieu. Les pigments colorés aux formes géométriques y dessinent les scorpions, les araignées et les hirondelles dont les tapis se parent aussi. Je tends l'oreille. On a marié Fadila l'été dernier. Papy et mamie ont vite envoyé un mandat pour acheter les billets d'avion. *Doum.* La peau frappée en son milieu produit le son le plus grave.

Maman a préparé à la hâte nos valises. Chacun la sienne. Même Elyas traîne tant bien que mal le sac qui contient sa vie minuscule. L'aéroport résonne de cris joyeux et s'anime de sourires bronzés. Lorsque le majeur seul ou l'annulaire frôle la peau à l'extérieur pour obtenir un son bref et aigu, c'est *Tak* que l'on entend. La fête a duré toute la semaine. Les pâtisseries trop sucrées ont forgé à mon palais une inextinguible soif. Le *S* est un silence. Je ne mangerai sans doute plus de baklawas avant longtemps.

Le vol est retardé. Maman vient de le lire sur l'immense panneau noir au-dessus de nos têtes. Elle nous demande de l'attendre bien sagement. On a promis à Fadila qu'elle serait heureuse avec Rafik dans les nuits d'été. *Kef.* Les doigts regroupés et légèrement pliés à la manière d'une gifle, produisent un son sec et court. La darbouka a disparu de la vitrine. Nous arriverons dans la nuit à Orly ; les grands-parents sont venus nous recueillir après la fête.

TROISIÈME PARTIE
ENSABLER

Le vrombissement est intermittent, les crépitements discontinus. Çà et là, les électrons bombardent une cible métallique. Les rayons traversent le visage tuméfié de Jeanne, inerte sous la déflagration. Un film argentique immortalise la région infra-zygomatique dévastée après l'assaut. Le bloc maxillaire s'est séparé du reste du massif facial. La pyramide nasale s'est effacée, l'os malaire, disjoint, a reculé. L'orbite gauche a cédé sous la pression. À l'intérieur de la bouche, dont la douleur interdit l'ouverture, des dents sont cassées, d'autres manquent. J'interroge les ombres et les traits asymétriques ; j'arpente le corps-enclos que tu as piétiné.

J'avance prudemment aux côtés de celle qui s'est offerte, mains et visage nus, pour être par toi nommée et reconnue. Un seul de tes regards a suffi à bouleverser son existence. Car Jeanne, sans t'avoir vu, déjà t'aimait. Elle a défié la jalousie des dieux, escaladé le ciel, dansé sous le soleil et le vertige de vos retrouvailles ! Irradiée par l'amour fou, la belle androgyne a mêlé sa chair à la tienne et découvert en toi sa part manquante. De vos étés trop courts, hélas, elle n'a pas senti faiblir les vives clartés. Aveuglée, elle n'a pas vu se séparer vos chemins d'âme, ni vos deux corps devenir étrangers.

Prostrée devant le portrait de ma mère face à la mort, je détaille son visage géométrique, dessiné à la mine de plomb. Il occupe toute la surface du film, démesuré par rapport aux frêles épaules qui le soutiennent. Les traits sont durs, secs et anguleux. Le nez et les yeux asymétriques sont eux aussi exagérément grands. Je cherche une lueur. Mais la mort déjà ronge le tableau. Le visage profané se creuse, s'efface, se teinte de nuit et se fait crâne. J'entends comme un cri muet, la peur me fige devant le masque funéraire maculé de sang et de boue. Les yeux évidés de ma mère me sourient pourtant dans la douleur. Je redeviens enfant. Craintive, désemparée, désintégrée.

54.

Septembre 1979

On a répété plusieurs fois mon nom. Je n'ai pas tout de suite réagi à sa prononciation nouvelle. Une vingtaine de paires d'yeux se sont alors tournées vers moi et m'ont en silence invitée à les rejoindre dans les colonnes qui se forment ce matin de septembre. Je tourne la tête vers un autre groupe d'enfants déjà rangés deux par deux, en marche vers la salle de classe. Le cartable d'Elyas lui fait une lourde carapace qu'il déplace lentement, les yeux fixés au sol. Le sable a disparu dans cette cour de récréation que je foule pour la première fois. Je perds bientôt mon frère de vue. Ses larmes ont dû sécher maintenant et, comme moi, il doit s'asseoir aux côtés d'un voisin inconnu et interroger du regard la salle de classe de la petite école primaire de Dordives où nous avons été inscrits en catastrophe deux jours plus tôt. C'est la fin de l'été.

Je sors de mon cartable le cahier Clairefontaine que mamie a acheté en prévision de la rentrée, son beau papier fort sent si bon. Dans un autre couloir, une autre salle, Elyas s'applique à dessiner les lettres de son prénom, une couleur pour chacune tracée au feutre à grosse pointe dont il pourra désormais nerveusement mâchonner le capuchon sans risquer une raclée. M. Vincent, le directeur, sera mon maître de CM2. Les bancs de bois et les grandes tables en îlots ont disparu. Aucun vivarium où chercher des heures durant à distinguer les phasmes confondus dans les branchages, observer la reproduction des mantes religieuses ou des caméléons. Je suis installée sur une chaise inconfortable au dossier de plastique.

Sous la petite table carrée devant moi, mes mains découvrent un tiroir ouvert. C'est ma case. L'instituteur m'explique que je pourrai y laisser tout ce que je ne veux pas rapporter à la maison, le cahier de brouillon, la boîte qui contient mon compas, mon rapporteur et mon équerre, ma flûte à bec, mes feutres et ma palette de peinture. Mais les cris qui continuent de battre mes tempes et les images de la vie à Gabès n'y entrent pas. Je les sens dans ma tête, serrés, à l'étroit, prêts à surgir dans le désordre au moment où je dois effectuer une division à nombre décimal ou calculer le temps qu'il faut pour remplir d'eau la baignoire où les mains fortes de mon père plongeront la tête de maman. Quand elle ressort de la salle de bains, ses lourds cheveux noirs en paquet gouttent sur ses épaules, son mascara coule sur les pages de mon beau cahier blanc. Vient l'heure de la récréation. Les filles de ma classe s'attroupent autour de moi. Je cherche mon frère. J'hésite devant cette silhouette brune ramassée dans la cour. Affublé de vêtements que je ne lui connais pas, il a recommencé à pleurer en silence dans le matin de cette interminable journée. Il n'aura pas su retenir toute cette eau à l'intérieur dont il déborde encore, souvent. Sur un banc, un peu à l'écart, le maître et les maîtresses regardent dans notre direction, un sourire triste à leurs lèvres. Je m'assieds à côté d'Elyas et cherche son regard. Son pouce gauche dans sa bouche l'empêche de répondre à mes questions. Celles qui deviendront mes copines me rejoignent. Je les suis dans leurs jeux. Je laisse mon frère entre terre et ciel, son pantalon de velours dans l'été, la case de la marelle tracée au sol par les cantonniers avant la rentrée pour contenir son indicible tristesse.

55.

1980

Ma chambre à Dordives est une boutique de brocanteur. S'y entassent sans ordre et sans recherche le lit une place dans lequel je dors, un canapé convertible où mon frère passe ses nuits, aux côtés de maman quand elle est là. Un grand buffet de formica, aujourd'hui pompeusement appelé enfilade vintage 70, sert de bibliothèque. Le meuble est bancal. Mon grand-père a bien calé sous l'un de ses pieds un morceau de carton mais il reste boiteux.

Allongée sur le divan d'une psychologue qui n'interrompt que rarement ma logorrhée, je mets un certain temps à mesurer à quel point l'on boite dans la famille. À commencer – mais est-ce vraiment là que cela s'origine ? – par ma grand-mère maternelle. Le chauffard alcoolisé qui l'a fauchée un matin ne lui a pas pris la vie mais a laissé ses enfants esseulés et son corps à jamais meurtri. Mon regard s'attarde souvent sur les cicatrices de ses jambes que dissimulent mal ses opaques collants bruns. Les rares fois où je la vois dévêtue, je scrute cette peau lisse par endroits et épaisse à d'autres. Je sens que mon regard la gêne. Je ne pose pas de questions mais je sais. On m'a dit son long séjour à l'hôpital où les infirmières l'avaient surnommée *La Dame aux camélias*, on m'a conté la rage désespérée de mon grand-père qu'il a fallu raisonner pour l'empêcher, lui si doux, d'aller massacrer le chauffard impuni. On m'a expliqué combien il avait été long de se rétablir et toutes ces interventions de chirurgiens renommés pour permettre de reconquérir la marche. Ma grand-mère, debout mais mutilée, boitillant imperceptiblement, usée trop vite. On avance avec difficulté chez nous.

56.

Mai 1981

Mes camarades de classe le dimanche vont à la messe. Ils communient. Ils prennent bien garde à ne pas trébucher. Leurs pieds empêtrés dans la longue robe blanche qu'ils portent tous, garçons et filles, ils avancent en procession. Œillades furtives, souffles retenus dans la clarté qui se fait sur leur passage, ils agrippent, les enfants de ma classe assagis, mains serrées autour d'une bougie dont la flamme vacille, un sourire matinal dans l'assemblée. Je me lève de mon banc dans l'élan des autres. Je ne connais pas les chants qu'ils entonnent.

Suspendus au-dessus de ma tête, des pieds aux veines saillantes ont cessé de s'agiter. Je tente de déclouer mon regard du sang qui a séché à jamais sur les plaies de bois de l'homme jeune. Je voudrais m'emplir de la joie qui coule rouge dans la coupe que le prêtre porte à ses lèvres. Tout cela m'est refusé. Je m'assieds dans ces mots. Je ne dis pas leurs prières. Je sens les clous du banc sillonner ma chair. L'homme au fond de l'église ouvre de grands bras. Tous y logent leurs joies. Je reste assise, la jupe que je porte pour les belles occasions retenue sur mon fragile siège en bois.

Personne n'accueille, ce jour de communion que je n'ai pas faite, les secrets de mes entrailles. Je ne reçois pas de cadeaux pour me sortir de l'enfance. Mes lèvres demeurent closes et je sens à mon front les gouttes rouges perler de la voûte. À mes pieds et à mes mains, des plaies nouvelles m'empêchent de rejoindre dans leurs jeux les camarades de classe que l'on fête dans le printemps.

57.

Juin 1982

Le vendredi est le jour du poisson et de l'absence de ma mère. Lorsque, vers dix-sept heures, l'autobus décharge une horde de gamins bruyamment pressés de s'offrir au week-end, mes pas se font lourds. Mon cœur trop gros cogne à mes tempes. Je marche le plus lentement possible. Je compte les cailloux au bord de la route. Quand je distingue les pruniers chargés des quetsches dont ma grand-mère fera les tartes, c'est trop tard. Je suis parvenue devant la maison. La petite voiture rouge de maman n'est plus là.

Le plus souvent, elle part directement à la fin de sa journée de travail. Le vendredi, elle quitte plus tôt le laboratoire de Nemours où, depuis le retour de Gabès, elle passe des heures à regarder au travers de lames de microscope les cellules anarchiques de parfaits inconnus. Le patron est sympa. Il sait bien qu'elle file rejoindre son mari, que la route est longue jusqu'à Chalon. Elle s'installe au volant et s'engage sur l'autoroute. Devant les fenêtres où je vais me poster des heures durant, la nationale est triste. Mes larmes roulent en silence. Je peine à sortir de la chambre. Jeanne engage son chemin de croix à la hauteur de Nemours. Je la suis par l'esprit une bonne partie du trajet. Je l'entends chanter. Elle se concentre sur la conduite dans les lacets du Morvan. L'hiver, quand la nuit tombe prématurément, le chauffage intermittent de la voiture peine à désembuer le pare-brise. Ses doigts s'engourdissent. Après Beaune, elle est transie. La radio se tait. Elle monte quatre à quatre les marches pour atteindre l'appartement sombre. Dans l'odeur de tabac, elle distingue un parfum de femme et des draps encore chauds. On m'appelle pour le dîner. Je m'attable sans appétit, le cœur au bord des lèvres pour le poisson du vendredi.

58.

Juillet 1982

Un filet rouge sur ma jambe dorée. Une goutte attardée au pli de mon genou droit. Je remonte son trajet. Mes doigts reviennent colorés de mon sang. Je ne retiens pas les larmes qui ruissellent à l'intérieur de moi et tordent mon ventre. Elles salissent ma robe d'été pour faire de moi une femme.

Je rentre en courant dans la maison. Sur le coton maculé, une forme brune comme un papillon de nuit. Debout dans la pièce étroite. Une à une les gouttes floquent sur les carreaux. Amochées les ailes du papillon. Immobile. Jambes écartées dans la seconde position de danse classique. Je reste longtemps à le regarder en priant qu'il s'envole.

Je sors de la pièce. Mon grand-père a quitté le jardin. Lentement l'eau du puits ruisselle sur ses mains brunies par la terre et le soleil. Il enfourche son vélo. Lorsqu'il revient de sa course, il tend à mamie un gros paquet de plastique. Elle en sort une grande bande rectangulaire, épaisse, blanche, ouateuse. Elle en tapisse le fond d'une de mes culottes. Je passe l'été dans le sang et les larmes. Ceci est mon corps. Je n'en veux pas.

59.

Novembre 1982

L'absence de maman est bien plus longue qu'à l'accoutumée. Les lundis se succèdent sans que reparaisse la petite voiture rouge dont, chaque semaine, le moteur chaotique m'annonce qu'elle a survécu au week-end passé avec toi dans l'appartement de Chalon-sur-Saône. Ni Elyas ni moi ne le connaissons mais nous ne sommes pas impatients de le découvrir. Jeanne dit qu'elle y prépare notre arrivée. Elle nous fait un beau nid où nous serons réunis, quand, bientôt, les travaux d'aménagement seront achevés et quand le cabinet que tu as ouvert t'assurera la patientèle nécessaire au soutien de ta famille. D'ici là, nous attendons des jours meilleurs à Dordives où nous ont recueillis papy et mamie, qui ont bien senti la tempête à Gabès. Ils sont restés discrets mais ont ouvert leur cœur et leur porte aux naufragés.

Je passe plusieurs mois à patienter, me précipitant vers le téléphone à chaque sonnerie. L'une d'elles m'apprend que vous allez partir en amoureux une dizaine de jours aux Antilles. C'est loin, et avec le décalage horaire, il ne sera pas facile d'appeler mais vous nous enverrez de belles cartes postales et ramènerez des coquillages et aussi de larges pans de tissu madras dans lequel me façonner des robes à smocks. Silence.

Je réprime les revendications de mes douze ans. Je ne veux plus porter que des jeans bruts et j'aimerais que mon grand-père cesse de s'acharner à les repasser en leur imprimant une indélébile marque blanche aux jambes. Je voudrais des Creepers pour danser sur les Stray Cats et non plus de ces chaussures enfantines aux semelles beiges dont les pastilles rouge et verte n'ont jamais suffi à trouver mon chemin. Silence.

60.

Décembre 1982

Vous êtes partis aux Antilles, la Guadeloupe d'abord puis la Martinique. Je vous rêve sur les plages abandonnées, celles où posent les mannequins du gros catalogue La Redoute.

Vous vous êtes envolés pour les Antilles pour vous rapprocher du soleil et réchauffer votre union qui vacille. Dans le froid de la maison de Dordives où ma mère avant moi a pleuré une enfance saccagée, je peine à dormir. J'écoute le souffle régulier d'Elyas, seul dans le canapé convertible, moi, dans le lit simple à l'épais matelas de crin. Je fouille dans vos vies. J'éventre le buffet désuet où s'entassent quantité d'objets disparates, échoués là au gré de nos errances. Deux plaques de verre coulissent l'une sur l'autre en émettant un crissement désagréable que j'essaie d'atténuer. Je saisis un gros coquillage qui me fascine. J'ignore d'où il vient. Lui aussi semble perdu. J'ai envie de le caresser mais sa carapace est rugueuse, presque hostile, comme pour conserver ses secrets à l'intérieur. Je colle mon oreille à ses lèvres ourlées. J'ai l'impression qu'il me parle. En un langage indistinct, il me raconte les plages de Bizerte où nous te suivons l'été. Quand on étouffe dans la maison du Bardo, quand les hommes grondent et que les filles ricanent, on monte dans la voiture pour un périple interminable. Le skaï des sièges brûle les fesses mais bientôt les fenêtres baissées laissent entrer le souffle humide qui annonce la mer. Chaque fois que je l'entrevois, un peu grise depuis les falaises, mon cœur se pince. Ces retrouvailles, je les fête en silence. Je suis légère parmi les vagues. Je goûte cette eau dont j'ai envie de m'enivrer. Quand je regagne enfin le rivage, ma peau brune s'est couverte d'une pellicule blanche et salée. Mes parents un temps ont disparu. Le courant m'a déportée. Je les rejoins pourtant sans les avoir cherchés.

Le strombe me murmure bien d'autres choses encore que je n'ose pas répéter. Sa voix parfois se fait languissante. Bientôt ce n'est plus le flux et le reflux des vagues que j'entends. Je sonde la cavité rose et les lèvres béantes de cet improbable coquillage. Je voudrais m'y engouffrer. Pourtant, je l'éloigne, je le dépose à l'intérieur de mon lit. Je le repousse le plus loin possible sous les draps pour le faire taire et l'oublier. Mais le petit monticule de draps trahit sa présence. Le soir, je le retrouve avec une fébrile appréhension. Il commence toujours par me griffer. Je m'en saisis et voudrais le jeter au loin, le briser. Et puis non, je tends l'oreille. Son souffle est rauque. C'est bien ce halètement que je reconnais, celui-là même que j'ai entendu, autrefois, au cinéma avec Peter Pan et depuis la chambre de mes parents à Gabès. J'ai peur mais mon corps tressaille, il frétille et je ne m'appartiens plus tout à fait. Qui donc soufflait ainsi sous les draps moites de Tunisie ? Se pourrait-il que mes parents aient enfermé leurs plaisirs secrets dans ce coquillage oublié ?

61.

L'observation phénoménologique distingue un cycle répétitif dans la violence, qui fait alterner une phase de tension, une phase d'explosion et une phase de lune de miel. Ce cycle se répète souvent jusqu'à culminer dans une blessure grave ou la mort de la victime.

62.

Janvier 1983

Vous êtes revenus des Antilles mais je n'ai pas vu vos visages bronzés dans l'hiver. Maman n'a pas repris son travail au laboratoire de Nemours. Le téléphone a retenti, les yeux de mamie se sont plissés davantage. Jeanne a bien failli laisser sa peau aux Antilles. J'imagine ma mère écorchée, exposée nue sur une table d'anatomie aux regards d'impassibles étudiants pressés de devenir médecins. Mes larmes salées aiguisent ma douleur. Vous avez loué un scooter des mers. Tu conduis. Vite et mal. Comme toujours. Une haute vague a renversé l'engin à moteur. Ton corps huilé a glissé. Tu ne sais pas nager. Maman s'est sentie traversée par l'envie de te laisser sombrer. Elle n'a pas pu. Elle a empêché ta noyade, défait la chaîne à ton cou qui te retenait dans l'hélice de l'engin de malheur et resserré la sienne.

Vous en avez été quittes pour une bonne trouille vite éloignée devant un rhum arrangé. Les tapis du casino Barrière ont achevé de te faire oublier ta mésaventure.

La nuit tombe vite sur Fort-de-France. Le soir, à ta femme qui t'est venue en aide, tu as préféré d'autres peaux brunes, d'autres parfums et d'autres baisers dont au matin ta chemise porte la trace. Tu es revenu, ivre et sans le sou, un goût de sable dans la bouche, la rage écumant à tes lèvres.

63.

Février 1983

D'autres sonneries de téléphone. Plus sourdes. Maman est à l'hôpital. À Chalon. C'est grave. C'est loin. On n'ira pas. Jeanne t'a évité la noyade aux îles et cette fois, c'est toi qui l'as sauvée de la péritonite aiguë qui aurait pu l'emporter. Emporter où ? N'est-elle pas déjà bien loin cette femme fragile qui poursuit dans les limbes ce mari qui ne veut ni d'elle ni de ses enfants, qui déchire les nuits, hurle des couteaux à la main, tranche les vies, qui voudrait partir mais toujours revient ?

Ce n'est pas dans tes poings serrés qu'est restée une mèche des cheveux de maman que tu l'obliges à porter longs, *c'est plus féminin*. Un chirurgien l'a rattrapée par les cheveux. Sorti de sa nuit de sommeil, il est venu opérer d'urgence à l'hôpital de Chalon celle que tu aurais bien laissé crever le nez dans son assiette si les regards inquiets et culpabilisants de tes convives ne t'avaient lourdement invité à lui venir en aide. Jeanne se plaignait depuis plusieurs jours d'une douleur lancinante. *Mais quoi ! Qu'as-tu encore inventé, pauvre folle, pour que je m'intéresse à toi ? Une piqûre de Viscéralgine et on n'en parle plus, la crise de foie c'est psychosomatique.*

Ses cheveux collent à son oreiller, elle les replace machinalement dans un geste lent, pour te plaire quand tu viendras lui rendre visite dans la chambre 136 qu'elle partage avec une autre femme jeune et belle. Mais tu ne viens pas. Elle est seule à Chalon où elle court chaque vendredi, en nous confiant à nos grands-parents.

Jeanne a vu sa vie défiler, les soirées sans dîner de son enfance, juchée sur une borne, devant la maison de Dordives, à regarder la route qui n'était pas encore la nationale 7 et que n'empruntaient que de rares véhicules, suffisamment nombreux cependant pour faucher la mère de son père et pour imprimer à jamais une trace de pneus énormes dans l'imaginaire de l'enfant, punie par la jalousie d'une grand-mère acariâtre qui lui préférait son frère chez qui ils étaient en pension pendant que sa propre mère, elle aussi, luttait contre la mort à l'hôpital Foch. Elle a revu les chambres parisiennes sordides où elle refusait de s'endormir, redoutant le gaz inodore venu une nuit, par accident, dans l'arrière-boutique de ses parents, menacer de l'enfoncer dans une nuit infinie. Aujourd'hui elle aurait aimé pourtant que cette nuit vienne pour que finisse ce cauchemar. Elle a aperçu ses enfants. Le corps frêle d'Elyas qui la frôle dans son sommeil agité, ses cheveux ondulés où les doigts s'emmêlent, le sourire triste et les yeux dans le lointain quand il joue à fracasser les camions Tonka. Elle a écouté la respiration régulière de Mona. Elle sait que ne dort pas la presque-femme dont elle n'a pas vu le sang couler entre les cuisses mais dont elle devine, à son corps alourdi, qu'elle l'a rejointe sur le chemin de douleurs.

Elle ouvre les yeux. Une longue plaie barre son ventre que tu ne caresseras plus jamais.

C'est décidé, nous irons nous installer tous les quatre à Chalon à la rentrée prochaine. *Vous verrez, c'est joli Chalon, c'est la ville de naissance de Nicéphore Niépce qui a inventé la photographie.* Il y doit y avoir de belles lumières en bord de Saône.

Des chambres obscures aussi.

64.

Mme H, 36 ans, se présente aux urgences pour nausées, vomissements et douleurs abdominales

ATCD :

— Gynéco : G2P2 (voie basse) RAS. DDR 26/02/1982

— Habitus : Tabac : ½ paquet par jour (10-15 PA), alcool : non

— Med : RAS

— Chir : cholécystectomie pour lithiase (AG : RAS)

Histoire de la maladie :

Depuis 3 jours, douleurs abdominales importantes avec anorexie, vomissements depuis hier. Pas de prise de température sauf ce jour (39 °C avec frissons). Pas de selles depuis 48 h. Distension abdominale avec douleur diffuse ce jour motivant l'arrivée aux urgences

Examen clinique :

— Fièvre 38,5 °C

— TA : 100/50 mm Hg, pouls 110/mn, pas de marbrures, déshydratation mixte, soif, langue sèche, léger pli cutané

— Auscultation cardio-pulmonaire normale

— Abdomen douloureux dans son ensemble, contracture généralisée. TR douloureux, pas de trace de sang ni de selles. Pas d'ictère, pas de pâleur

Examens complémentaires :

— Numération : 23 000 globules blancs

— ASP : iléus diffus, pas de pneumopéritoine évident

— Ionogramme sanguin : RAS

Conclusion : péritonite, origine appendiculaire probable. Bloc en urgence

65.

Septembre 1983

L'air est noir à Chalon-sur-Saône. Le 41 de la rue aux Fèvres abrite, au fond d'une ancienne traboule, deux appartements qui se font tristement face. Dans l'un d'eux se succèdent les patients d'un docteur qui signe les arrêts de travail en contrepartie de frauduleuses ordonnances de toxiques. Dans l'autre s'écoule la vie morne d'une mère et de ses deux enfants au sein d'un foyer qu'elle a, une fois encore, entrepris de reconstruire. Ici, d'autres que nous, pendant la guerre, ont déplacé clandestinement leurs vies misérables d'une rive à l'autre de la Saône et tenté d'échapper aux rafles. Nous nous installons du mauvais côté de la ligne de démarcation. On déménagera bientôt, c'est promis, dans le quartier Saint-Marcel, mais pour l'heure c'est bien pratique de vivre ici, juste en face du cabinet où mon père donne ses consultations.

L'appartement s'ouvre sur la cuisine. On a rassemblé là quelques meubles de fortune. Un frigo et une machine à laver, dans un coin une table d'un bois brun de mauvaise qualité, une inconfortable banquette d'angle du même bois recouverte de coussins d'une couleur indécidable. Moche. À gauche, une salle de bains étroite et sombre.

Il n'y a pas de chambre pour nous. Nous occuperons celle que mes parents ont désertée : une pièce sans fenêtre, aveugle. Enclavée entre la cuisine et le salon qui donne sur la rue, loin au-dessus de nos têtes, un petit rectangle de verre appelé fenêtre à guillotine. Contre les cloisons fines, une grande armoire, sur l'une des portes, un miroir. Au sommet de l'armoire, une valise Samsonite beige, verrouillée, où tu déposes en liasses l'argent liquide de tes consultations. C'est ton secret. Celui de Jeanne, lui, est sous mon lit.

Plus précisément entre le matelas et le sommier. Elle a éloigné de la main forte que tu voulais tremper dans son sang tout ce qui aurait pu te servir d'armes. Un matin, elle a attendu que tu claques la porte et que vrombisse au-dehors le moteur de la puissante voiture pour laquelle tu t'es endetté en son nom, puis elle a réuni les couteaux, les ciseaux, les coupe-papiers. Elle a placé sous le matelas où je peine à m'endormir dans les nuits de colère tout ce qui découpe hache lime cisaille écartèle écourte élague émonde rogne sabre tranche épluche saigne et tronque.

Depuis, quand se décillent mes yeux dans les nuits que perforent tes cris, je crois distinguer dans l'ombre les pieds agités de celle qui n'est plus aujourd'hui qu'une carcasse osseuse.

Je dois chaque nuit m'allonger dans le lit conjugal, entrer dans les draps qui sentent le tabac et chercher le sommeil là où les entrailles de ma mère se sont déchirées sous le plaisir ou sous les coups. Je garde les yeux ouverts. Le miroir plaqué sur une des portes de la grande armoire renvoie des ombres. Je me serre sur le bord du lit, m'éloigne du souffle de mon frère, intermittent dans son sommeil agité. Combien d'enfants à la mamelle, combien de plus vieux, de plus usés, abandonnés aux fossés, ont dilaté avant moi leurs pupilles dans la nuit et la folie des hommes ? Gisant dans la chambre froide, mon pauvre corps raidi, j'attends que la mort vienne, les yeux ouverts et les mains à jamais jointes sur ma poitrine.

Aucune prière ne perle à mes lèvres. Aucun dieu pour me sauver. Je voudrais m'arquer dans le silence, me recroqueviller et me laisser flotter mais je ne peux bouger. Mes larmes de feu inondent mon caveau, mon corps bouilli se sépare de mes chairs. Bientôt le lit sera reliquaire. Qui donc viendra honorer celle qui n'eut ni le temps d'être femme ni le temps d'être enfant ? Ma tête coupée dans mon caveau rejoint celle de saint Louis mort à Carthage. Je sens dans mon dos les lames aiguisées, au sommet de mon crâne la caresse d'une minuscule goutte de sang, ruisselant en une imperceptible tache.

C'est blanc sous mes paupières quand se rouvrent mes yeux. Une petite lumière douce et quelques sautillements, un peu comme un vol d'insectes. J'essaie d'attraper une de ces minuscules vrillettes qui se nourrissent de bois mais leurs ailes qui effleurent mon visage échappent. Mes mains jointes sur mon ventre ne peuvent aucun mouvement. La plante de mes pieds se dresse vers le plafond que je refuse de regarder. J'y reconnais sous les aplats de peinture qu'on a badigeonnée à la hâte des formes qui m'effraient. Alors je m'en détourne et je plonge en moi. Je voudrais dormir. Mais les cris percent la fine cloison entre la chambre et le salon. Je voudrais courir. Mais mon sarcophage de plâtre me l'interdit. Je pleure en silence. Corps-relique enchâssé dans cette crypte aux murs jaunis par le tabac. Mais mamie ne croit pas en Dieu. Les sœurs du couvent des Colinettes ont abîmé ses rêves et vidé son ciel. Saura-t-elle le chemin vers l'appartement de Chalon où gisent sa fille et ses enfants ?

66.

Octobre 1983

Jeanne n'a pas retrouvé d'emploi après avoir quitté Nemours. Elle a cherché à l'hôpital et dans les laboratoires privés mais la réputation de son illustre époux la précède. Ce médecin signe des arrêts de travail complaisants et prescrit tant de stupéfiants qu'on imagine tout un peuple de cancéreux venu traîner péniblement ses douleurs aux portes du sombre cabinet. On ne veut pas d'ennuis. Nous sommes à Chalon et tout recommence. Une dernière fois. Le décompte a commencé.

Bien souvent Yacine s'absente des jours entiers, obligeant ma mère à dissimuler sous son imperméable beige et triste des tranches de jambon qu'elle vole pour nourrir ses enfants. Elle repère les vigiles derrière ses lunettes noires, retient son souffle en franchissant les portes du supermarché. Elle sent, en préparant le repas, la petite plaie laissée à hauteur de ses seins par l'emballage de plastique.

Le midi, je déjeune à la cantine du collège Jean-Zay. Je grimpe dans le bus de ville qu'empruntent tous les collégiens pour aller dans la ZUP. Je n'en connais pas les codes. Je travaille bien. Mes nouvelles copines habitent des tours. Elles m'invitent à danser dans les boums qu'elles organisent quand leurs mères se barrent avec leurs mecs du moment. *Je ne peux pas, je suis très occupée.* Et puis je n'habite pas le même quartier. Sans doute mon inscription tardive dans cette classe de 4e explique-t-elle cette dérogation inhabituelle.

Le week-end, je récite la liste des pays arabes et de leurs capitales et dessine leurs drapeaux. Un soir, à table, j'ai le malheur de confondre les mots « arabe » et « musulman ». C'est ma peine. Je ne me plains pas. Celles de mon frère et de ma mère sont plus lourdes. Elyas aurait peut-être aimé dessiner des étoiles et des lunes rouges sur des fonds blancs ou verts mais ses feutres bavent, il a mâché les bouchons. Moi, je serai pilote de ligne ou pharmacienne ; lui poussera des charrettes de pastèques dans les souks et fera avancer des ânes à grands coups de ceinturon sur l'échine. Il me rejoint dans le lit qui pue la cigarette et s'endort sur le ventre. Je garde les yeux ouverts, je sens des éraflures à mon dos qu'on n'a pourtant pas fouetté.

67.

Novembre 1983

Je ne m'endors que chez les autres. Une fois franchi le seuil d'une maison amie, je suis gagnée par le sommeil. Je réponds d'un sourire ou d'une grimace aux questions que l'on me pose et je sens mon corps s'engourdir. Parfois même, je n'ai ni l'énergie ni la politesse d'attendre le dîner pour m'enquérir d'un endroit où m'allonger. Là, en territoire neutre, je baisse enfin la garde. Je connais de nombreux divans, tous ont la même odeur exotique. Je retrouve le jasmin et la fleur d'oranger dans les tissus lourds. Des parfums mâles aussi. Je m'allonge sur les souvenirs des étés tunisiens, et bientôt je n'entends plus distinctement les voix des convives mais des rires et des youyous. Moi aussi, j'aimerais savoir ourler ma langue dans mon palais pour qu'en sorte ce chant de fête qui acclame la presque épouse. Moi aussi, je voudrais être celle que l'on pare six jours durant. J'ignore qu'il lui faudra bientôt accueillir dans son lit et dans son ventre un étranger. Elles seules savent, les femmes oiseaux, et elles déploient leurs ailes quand vient l'été. Moi aussi, je voudrais moduler le *zaghrit*[1] qui est la joie et la plainte. Moi aussi, je suis sœur et fille de déesses libyennes. Et je veux, comme elles, envelopper le monde dans mon hululement et sentir mon cœur vriller dans les noces. Je veux être *laaroussa*[2]. Qu'on lisse mes cheveux ! Qu'on me couvre les paumes d'arabesques ! Que la plante de mes pieds rougisse la terre que j'effleure pour me porter avec bonheur dans la vie conjugale ! Je suis l'épousée et je danse avec la darbouka sur mes chagrins d'hier. Ma peau gommée à l'argile sent la rose et le jasmin. Les femmes autour de moi ont changé leur safsari pour la soie des *fouta blousa*[3]. Les pierres scintillent à leur peau huilée. Les corps se dégondent et les voix vibrionnent dans la nuit. Je danse et je rêve. C'est *la outéya*[4]. De la mariée exposée aux regards, je ne vois que la lourde parure. Je ne vois ni son sourire triste ni le siège vide à ses côtés sous le dais de velours. Demain l'imam consacrera l'union. Le chant de celles dont on a ouvert la cage pour

1. Youyou, cri de joie aigu modulé par les femmes nord-africaines et moyen-orientales dans des circonstances festives ou de deuil.
2. La mariée.
3. Composantes du costume nuptial dont les rayures symbolisent les barreaux qui protègent les organes de reproduction des esprits maléfiques.
4. Cérémonie du sixième jour dans les mariages traditionnels tunisiens. La future mariée, qui peut porter ce soir-là jusqu'à quatre robes distinctes au cours de la soirée, est exposée en toute grâce aux regards admiratifs.

en préparer une nouvelle se taira. Et plus tard, dans le lointain retentiront les cris des hyènes.

Sursaut. Je m'éveille instinctivement. Les chants se sont tus. Je distingue tes hurlements.

68.

Mars 1984

Mes pieds ensanglantés arpentent la fête foraine où j'écoule une adolescente et transgressive après-midi. Mon corps porte la trace des lacets de cuir de mes sandales neuves. Je suis dehors. J'ai mal mais je suis libre et debout. Je suis dehors. J'entre dans l'été en souliers roses. C'est sûr, il aura fallu négocier le droit de suivre les copains du collège dans les allées sablonneuses où grouille une vie qui m'est étrangère. Les spartiates entaillent mes pieds. Autour de moi les bruits, les cris et les rires, les manèges et les peurs sucrées. Les joues des filles rosies par les mains égarées des garçons si forts, si forts les petits hommes.

J'ignore pourquoi mon père a dit oui et je suis désormais dehors dans un monde trop grand. Je ne comprends rien à la fête. La peau de mes pieds se gonfle, puis se fissure ; la peau bée, la peau craque et crie. Mon cœur en eux tambourine. Mon vertige est intérieur. J'ai mal mais ma douleur est muette. Le sang de mes pieds rougit mes lacets, trouble ma vue. Sépia les peluches des stands de tir, marron les canards en ronde de plastique, brunes les robes des poupées, brune leur chevelure lissée sous les filets. Je monte puis je descends, je hurle dans la vitesse des trains. Sur mes pieds, le sang coagule. Le sang brille puis sèche. Maintenant une fine pellicule s'est formée autour des lacets. Me déchausser c'est rentrer. Alors je marche dans la douleur de cette fête d'été. Je ne dis rien, mais j'arbore enfin ma plaie. Ma liberté porte la trace de cette blessure d'enfant.

69.

Avril 1984

Non. Yacine. Non.

70.

Le coma correspond à la forme la plus sévère d'altération de la conscience. Un patient dans le coma semble endormi, mais il ne réagit à aucune stimulation, même douloureuse. Cet état, généralement transitoire, durant au maximum quelques semaines, peut s'observer dans un grand nombre de maladies, neurologiques ou non. Dans les cas les plus graves, son évolution peut conduire au décès. Dans les cas les plus favorables, le retour à la conscience est rapide, se produisant au bout de quelques jours. Mais le plus souvent, l'amélioration est lente et peut passer par d'autres états de conscience altérée, tels que l'état végétatif et l'état de conscience minimale.

71.

Avril 1984

Un rectangle de verre dans l'obscurité de Chalon-sur-Saône. Ramassée dans cette nuit sans fin, une femme flotte dans une combinaison de soie. De ses doigts maigres, elle compose le numéro d'urgence affiché dans la cabine téléphonique à hauteur de ses yeux délavés. Une voix, au loin. Les mots restent coincés dans sa gorge. Parler est une douleur, se taire est une douleur. Une goutte de sang séché au coin de sa lèvre inférieure lui dessine un étrange sourire.

Une femme verte dans la nuit froide, poussée dehors par la fureur de son mari. Une femme en déshabillé dans la ville. Les cris résonnent encore. Elle voudrait secouer la tête pour les en chasser. Le cou est douloureux, les traces bleuissent dans le matin qui s'avance. Elle replie ses jambes sous le menton. La presque nue dans la cabine sous les regards des premiers que le travail jette dehors. Elle tire sur la combinaison lacérée pour cacher les jambes qu'elle a si belles, le sexe qu'on devine dru. Presque nue sous le regard des hommes. Elle pleure dans le silence du matin vert. Improbable rempart cette cabine ; sa vie s'étale. Les larmes parcourent son corps meurtri. C'est chaud sur ses cuisses dans le matin frais.

Le grincement régulier d'un rideau métallique qu'un bras fort lève. L'odeur du pain mêlée au matin. Le fard coulé de ses yeux noirs. Elle grelotte. La main d'un enfant qu'on conduit à l'école sur la vitre de la cabine : *Regarde, maman, là, regarde !* La mère s'éloigne d'un grave pas. Les yeux embués de Jeanne se sont fichés dans ceux du gamin. Il faut se lever, revenir dans la maison dont les murs tremblent. Se lever dans le matin, reprendre le cours d'une vie qu'elle a bien failli perdre, une fois encore. Retrouver sa cage et ses enfants.

72.

Avril 1984

Tu avais pourtant bien dit : *pas un western !* Elle aura mal compris.

La clé tourne dans le vide. Tu es rentré prématurément. La fumée de tes Fontenoy sans filtre a infusé tout l'appartement. La télévision est allumée et l'on distingue les commentaires trop expressifs d'un match de football. Manifestement, tu n'iras pas ce soir jouer au casino l'argent gagné dans la journée. Il faudra donc se relayer pour te tenir compagnie, s'installer ni trop loin, ni trop près dans le canapé où tu t'enlises. Ne pas rester avec ma mère, ne pas donner l'impression que se trame quelque chose dans ton dos.

J'y vais la première. Tu ne me vois pas. Tu n'as pas vu trois semaines plus tôt les quatre trous dont j'ai fait percer mes oreilles alors que tu me l'avais interdit. Tu ne vois pas que j'arbore un maquillage vulgaire, que je crêpe mes cheveux et que je retrousse ma robe de laine au ras de mes fesses pour ressembler à une groupie des

Cure. De moi, tu ne vois que les bonnes notes que je ramène de l'école, qui font ta fierté et entretiennent la douloureuse comparaison avec mon frère. Pauvre enfant mal aimé, non désiré, qui ne sera jamais qu'un marchand de pastèques et dont sa putain de mère aurait mieux fait d'avorter quand elle se croyait contaminée par la toxoplasmose ; on n'en serait pas là avec ces boulets alors que tant d'autres draps t'appellent et que tu en as déjà plein des enfants, et des plus doués et des plus blonds dont tu ne veux pas merde tu n'as jamais rien voulu de tout ça toi et si on en est là c'est sa faute car tu ne voulais pas de western ce soir, John Wayne et Ennio Morricone, t'en as soupé et elle va la prendre sa raclée !

Je vais m'enfermer dans ma chambre sombre et triste de la rue aux Fèvres et je voudrais que les cloisons soient plus épaisses pour ne pas entendre ma mère pleurer, pour ne pas t'entendre crier que tu dessineras des mains rouges de son sang quand tu l'auras égorgée.

Il était une fois à Chalon-sur-Saône.

73.

Radio thoracique (face et profil)

Fractures unifocales peu déplacées des 4e et 5e côtes droites au niveau de leur 1/3 moyen. Hématome des parties molles en regard

Fracture de la clavicule droite (1/3 moyen) non déplacée

Pas de pneumothorax ni d'hémothorax

Pas d'autre lésion visible.

Radiographie de l'avant-bras droit (face et profil)

Fracture isolée non déplacée de l'extrémité inférieure du radius droit

74.

Avril 1984

Sous mon lit, en ton absence, maman a placé, entre le matelas et le sommier à lattes, la grande enveloppe brune que lui a remise la secrétaire. Elle a trouvé le courage, ce matin, de venir exposer son corps meurtri au regard de l'expert. Il lui reste de ce moment qu'elle voudrait oublier une demi-dizaine de films, grands rectangles opaques où le radiologue a lu les marques que tes gestes fous ont laissées sur ce corps jadis chéri. C'est là, sous le lit conjugal désormais déserté, celui-là même où mon frère et moi cherchons le sommeil, qu'elle a entreposé les images d'un corps qui ne lui appartient plus qu'à peine, qu'elle prend grand soin d'éviter, lorsqu'au sortir de la douche, elle l'entrevoit furtivement dans le miroir embué de la salle de bains.

Elle ne reconnaît pas dans cet amas de chair bleuie la peau blanche et marbrée dont tu aimais le grain et le parfum, dont tes doigts bruns suivaient les veines sinueuses où affleurait le sang battant au rythme de tes caresses. Il y a longtemps maintenant que ce corps c'est le tien. Il est le territoire que tu piétines. Tu lui as interdit de couper ses cheveux. Les femmes de ton pays portent de longues chevelures dans lesquelles se draper et se perdre. Les toisons moutonnent sur l'encolure, les lourdes nattes sentent la rose et invitent à de profonds voyages. Les cheveux de Jeanne puent. Sur son crâne gras se devinent les croûtes de sébum que la peur lui imprime. Quand tu quittes le cabinet où sont venues s'échouer tant de misères, où tu as entendu gémir tes patients, appliqué tes mains sur les crevasses, palpé les œdèmes, annoncé les morts certaines, accueilli les chagrins insondables, épongé les fronts, tu rentres. Tu traverses d'un pas qu'elle redoute le couloir sombre, suspendu au-dessus de l'abîme, qui sépare le cabinet de consultation de notre appartement minable. Quand tu franchis la porte, tu sens, là, ta pauvre épouse bleue aux cheveux longs. Avant même de l'apercevoir, tapie dans l'ombre et dans ton attente, c'est l'odeur de sa peur que tu reconnais. Elle t'agresse. Tu voudrais la fuir. Mais tu sens écumer à ta bouche des mots venus du lointain, noirs comme le sang.

Et puis ta main se lève. Elle s'abat sur ce corps qui te hante, ce corps qui n'est plus depuis longtemps celui de la femme que tu as aimée et baisée jusqu'à l'os, mais peau tendue, étourdissant appel de la musique des étés dans ta tête. Ta main frappe et frappe encore. Ta femme à la peau de bête, ta femme devenue raie, chèvre ou mouton. Sa peau de cuir s'est parfumée de musc. La darbouka vibre et fête les nuits d'août. Tu n'entends ni ses cris ni le bruit mat des os qui se rompent. L'ivresse te fait le regard fou. Le corps de Jeanne se brise. Il git, à même le sol. Alors, tu t'allonges à ses côtés. Tes mains tremblent. Tu approches ton visage du sien, assez près pour sentir son souffle. Une paupière fermée, l'autre, tuméfiée, mi-close regarde vers un ailleurs que tu voudrais rejoindre avec elle, pour toujours. Tu respires l'odeur nouvelle de sa peau. Tu approches tes mains de ses lèvres déchirées. Tu soutires deux coupes, l'une de salive et l'autre de vin, et tu avales deux cachets de Gardénal.

75.

Juin 1984

Je suis couchée sur un lit d'os. Ils entaillent ma chair d'enfant. Maman a caché dans la chambre que je partage avec mon frère un certificat de coups et blessures et des clichés. Ta violence en noir et blanc.

Dormir m'est impossible. Mon corps tout entier s'arque vers la chambre où je vous sais réunis. Je ne te vois pas mais je te devine. Je vois ton corps nu et puissant, tes mains qui blessent. La nuit est terrible. Je t'entends, tapie dans l'ombre, devenue ombre moi-même, m'oubliant dans l'apprentissage laborieux d'un cours de chimie, oubliant mon frère qui partage pourtant la même chambre, oubliant même ma mère. Je transperce le silence, peut-être le dernier qui dira enfin que tout est fini, pour toujours. J'ai terriblement peur de vous voir morts. Vous avez pris des drogues pour que cesse ce cauchemar et vous vous apprêtez à nous laisser seuls, Elyas et moi, dans un monde bien trop grand pour nous.

Les mains jointes pour une prière qui jamais ne franchira mes lèvres closes, les yeux grands ouverts, je cherche à reconnaître les fleurs brunes au plafond. Mais tout ce que je perçois maintenant, c'est ce voile grisâtre qui s'opacifie. Serait-ce la fumée des Fontenoy ? La chambre de Chalon a pris les dimensions de nos corps d'enfants de neuf et treize ans. Une goutte de sang. Puis une autre. Raidie dans ma cuirasse de pierre, couchée pour toujours sur le tombeau que mes larmes inondent, je renifle. C'est comme cela que je vais quitter la vie, en reniflant. Je voudrais faire de mon corps une citadelle, que se verrouillent mes paupières qu'on n'a pas baissées, que se ferme ma bouche qu'on n'a pas baisée, que s'éteignent mes pensées qui rongent l'os, que s'étanche ma soif inextinguible, que s'éloignent vos cris à mes oreilles. Je suis empêchée. Mes narines bientôt s'emplissent d'une fine poussière du plâtre dont on a sculpté les vêtements que je porterai pour toujours. Pauvre gisante sur mon lit de pierre ! Pétrie de peur. Elyas a-t-il déjà gagné l'ailleurs dans le petit pull blanc rayé de rouge que mamie a tricoté jadis et qui est aujourd'hui bien trop court ? Il découvre son ventre qui se soulève encore faiblement. Mon frère part affronter de nouvelles ombres dans ce petit pull qui gratte et dans un pantalon de velours que je voudrais caresser. Mais je ne peux pas bouger. Mes mains en prière sous ma poitrine ronde. La laine s'alourdit des larmes glissées de son menton. Il s'en dégage une odeur que je reconnais. La peau de chèvre où s'enroule Ulysse. Le parfum de mon linceul. J'entends ta colère. Elle heurte mon tombeau, accompagne notre voyage. Une goutte du sang de maman a giclé sur ma petite robe grise de dentelle ciselée. À mes lèvres une chanson arabe dont je n'ai jamais compris les paroles mais dont la mélodie m'emporte. Les larmes de laine de mon frère. Mes pieds sont raides aussi. Fairuz parle d'amour. Quels chemins emprunter pieds nus pour retrouver le chien ensablé dans la voiture de Jeanne ? Le plâtre dans sa bouche a étouffé les pleurs de mon frère. Il a disparu. Le petit lion en peluche avec lui. Je suis maintenant seule dans la tombe à écouter cligner mes paupières et à réciter ma leçon de chimie. Je n'entends plus retentir les cris. L'air est uniquement situé dans une fine couche de quelques centaines de kilomètres d'épaisseur qui entoure notre planète. Mon corps, à l'étroit dans ma statue funéraire, se tord. Cette couche d'air s'appelle l'atmosphère. Imprimer de petits mouvements jusqu'à faire tomber la statue de son socle ? La pierre est lourde sur mes seins. Le sable, l'eau, le plâtre, une boue épaisse m'enlisent. Je manquerai bientôt de cet air dont Lavoisier a donné la composition actuelle en 1777. Essoufflée dans mon caveau. Les vagues et les chants finiront bien par me recouvrir. Maman est revenue à elle, elle a bu du café salé, elle a sans doute vomi les cachets de Gardénal avalés au recoin de cette nuit terrible. Elle a sans doute appelé les secours.

Je vais le lendemain matin au collège où je suis scolarisée en quatrième. Mon professeur de chimie a préparé une interrogation écrite. J'ai vingt sur vingt.

76.

Très souvent, l'agresseur frappe sa victime au visage. Partie la plus visible du corps et unique, elle contribue à l'image de soi et à l'estime de soi d'un individu.

77.

Fractures simples, comminutives, déplacées, complexes, ouvertes, en bois vert, fracture-luxation, dislocation, fracture-tassement, fracture de Pouteau-Colles ou de Goyrand-Smith, fracture ouverte type IIB de Gustilo, fracture de hanche Garden IV, fracture de la mandibule, des zygomatiques, de la cloison nasale, des procès alvéolaires, fracture de Le Fort III avec disjonction crânio-faciale.

Contusions, abrasions, lacérations, dislocations, subluxations, intrusions, entorses.

Plaie contuse, linéaire, franche, circonférentielle, délabrante, des parties molles, articulaire, vasculaire, gonflement, œdème, érythème, hématome, ecchymose, épistaxis.

Brûlure superficielle, brûlure du second degré avec phlyctènes intacts confluents, brûlure du troisième degré avec aspect cartonné, carbonisation, brûlure circulaire de la main avec rétraction ischémique des tendons.

Cou, poitrine, abdomen, dos, fesses, membres, région pelvienne, extrémités.

Morsures, brûlures, coups de poing, coups de pied, gifles, étranglements, coups par objet, utilisation d'armes, tirage de cheveux, placage contre le mur.

Décès.

78.

Novembre 1984

Tu as plongé dans les vignes. Un matin de novembre. Tu t'es couché sur les sarments encore recouverts de leurs feuilles dorées. Ça sent bon l'automne et un peu de terre humide s'est collée à tes joues. Tu as ouvert les yeux, bougé un à un tes doigts griffés. Ce ne sont ni les fruits rouges ni la violette qui tapissent ton palais. Un filet de sang a séché à tes lèvres fendues par le choc. Tu n'as pas su garder ouvertes les paupières alourdies par une nouvelle nuit devant les tapis du casino de Santenay. Tu as suspendu ta vie à la trajectoire d'une petite bille blanche et rien d'autre n'a plus existé que ses hoquets dans la pièce enfumée et les vapeurs d'alcool.

Tu es sorti, titubant comme ce moulin Sorine qui t'appelait depuis les hauteurs de la montagne des Trois Croix. Un lacet et puis un autre. Ses grandes ailes t'ont tendu leurs bras. Tu as voulu tourner avec elles dans le vent. T'y pendre. Alors tu t'es assis et tu as pleuré dans ses ruines. Tu es allé à la voiture, tu as trouvé le Gardénal dans la boîte à gants. Il reste par bonheur quelques-unes de ces pastilles blanches qui portent le chiffre 100 sur l'une de leurs faces. Une gorgée d'eau t'a aidé à avaler plusieurs de ces drôles de jetons. L'été est revenu. La douceur des nuits à La Marsa avec Rafik et Taïeb. Les fleurs de jasmin portées en petits bouquets à l'oreille se sont ouvertes sur les matins de tes vingt ans. Avant la France et les plaisirs auxquels tu n'as pas su dire non. Avant Jeanne qui depuis longtemps ne crie même plus sous tes coups. Avant cette famille qui t'a suivi à Chalon et à qui tu ne sais rien offrir que le spectacle de ta lente déchéance. Avant que tu ne veuilles en finir, emportant dans ta chute ceux que tu aurais pu aimer. Tu as repris ta route, les vignes ont conservé leurs feuilles mais les grappes de pinot noir ont disparu. Tu as glissé dans un virage et une plaie au visage t'a dessiné un sourire qu'on ne t'a jamais vu.

Tu t'es réveillé à l'hôpital. Jeanne se tient debout au pied de ton lit. Tu aurais pourtant aimé mourir avec elle dans les vignes.

79.

Décembre 1984

Il y a longtemps maintenant que Jeanne a perdu l'usage de la parole. Elle ne le retrouve que les soirs où tu t'en vas déposer sur le tapis du casino l'argent des consultations que tes patients te paient en liquide. Ça t'arrange bien qu'ils ne sachent pas lire le français. Tu leur prescris les drogues qu'ils ramènent à ton cabinet. Ils ne savent pas trop de quoi ils souffrent mais ils ne posent pas de question au toubib qui souvent accepte de les soigner gratis et demande à sa gentille épouse, devenue sa secrétaire, de remplir pour eux les papiers qui donnent droit aux allocs ou aux arrêts de travail.

Attablée dans la cuisine qui fait office de secrétariat, de son écriture fine, Jeanne contribue à leur petit bonheur d'ouvriers coincés dans les HLM des Charreaux. Parfois, vous êtes invités à dîner chez l'un d'entre ceux dont tu as soigné la mère, baisé la maîtresse. Jeanne découvre dans la cité une horde d'hommes bruns que leur famille restée au bled attend et ne voit revenir qu'une fois par an, à l'été. Jeanne déteste avoir à sourire et à manger ces plats épicés qui lui tordent le ventre, à rire aux blagues qu'elle ne comprend pas, à s'imaginer la vie des catins ou des pauvres filles dont elle croise les regards lascifs ou contrits et qui, comme elle, s'attablent sans faim, baissent des yeux cerclés de noir sur leur commune misère. Tu as ôté les mots de sa bouche. Jeanne ne parle plus qu'avec les yeux.

Le soir, quand tu désertes l'appartement sordide, je sors de la chambre où l'inquiétude me prive de sommeil. Je la rejoins dans la cuisine, je m'installe à ses côtés sur la banquette de bois, je pose mes mains sur son bras, délicatement. Je ne veux pas qu'elle se casse. Je ne lui fais pas face. J'évite de croiser son regard. Il ne se peut pas qu'une fille de treize ans voie le visage bleu de sa mère. Alors, quand le silence se fait, quand nous sommes assurées que tu es parti depuis suffisamment longtemps pour n'avoir pas à redouter ton soudain retour, elle retrouve les mots. Elle dit qu'elle partira. Elle vient de rencontrer Jocelyne, la compagne d'un de tes patients. Tout de suite, ailleurs que dans les mots, elles se sont reconnues.

Habib souvent est malade. Son foie de cirrhotique le fait souffrir. Jocelyne l'accompagne à chacune de ses visites chez le médecin. Pendant la consultation, depuis la salle d'attente, elle observe Jeanne à la dérobée. Son regard voit les doigts fins pianoter sur la machine à écrire, ouvrir nerveusement des tiroirs, décrocher le téléphone, noter dans l'agenda des noms imprononçables.

Les longues manches ne dissimulent qu'à l'œil profane les marques bleues aux poignets. Jocelyne est gouailleuse, c'est sa façon à elle de continuer. Et un jour, au moment de régler la consultation, elle tend à Jeanne un discret morceau de papier, place dans la main tendue son numéro de téléphone griffonné, esquisse un insondable sourire derrière ses lunettes. Jeanne s'en saisit machinalement, ne sait d'abord pas où le dissimuler. Elle songe un instant à le mémoriser. Mais comment faire confiance à cette mémoire qu'elle vide chaque jour pour continuer de se lever le matin ? L'avaler ?

Le soir, elle place le petit morceau de papier sous mon lit où il ira rejoindre les couteaux et les clichés radiographiques de son corps brisé. Jocelyne devient l'amie qui la sort de l'isolement dans lequel tu l'as ligotée. Enfin elle peut dire. Ensemble, elles bâtissent le plan de son évasion.

80.

Juillet 1984

Maman nous a confiés aux bons soins d'une hôtesse. Elle nous a passé autour du cou un collier de tissu qui maintient sous plastique une étiquette où figurent nos deux noms. Nous sommes, Elyas et moi, des voyageurs non accompagnés sur ce vol à destination de Tunis où nous allons rejoindre mon père. Jeanne est restée en France pour ce qui est le dernier été que nous passerons entre le Bardo et Gabès tandis qu'elle préparera son divorce et notre nouvelle vie. Elle a, dans le plus grand secret, consulté un avocat en continuant à faire semblant de rien. Elle a osé t'annoncer qu'elle ne te suivrait pas sur tes terres à l'été. Comment le pourrait-elle d'ailleurs puisqu'un soir de folie, tu as réduit en pièce son passeport, déchiré son visage, sa photo, le petit carnet à la couverture bordeaux qui seul peut encore dire qui elle est ? Tu t'es étonné de son inhabituel refus, indigné, mais cette fois la colère n'a pas armé ta main. Tu as cherché surtout comment tu justifierais son absence auprès de tes parents chez qui tu séjournes immanquablement avant de partir vers le sud. Jeanne t'a fourni un alibi. *Tu n'auras qu'à leur dire que je travaille et que je n'ai pas de vacances.* De ce mensonge, tu as rapidement fait une vérité. Au point que chaque matin à la même heure, elle quitte l'appartement de Chalon, dépose Elyas à l'école et erre ensuite jusqu'au soir avant de regagner, éreintée, le logis que tu désertes de moins en moins. Tu as perdu de ta superbe. Avachi devant les matchs de football ou les westerns, tu ne t'extrais du canapé qui pue le tabac que pour compter et recompter l'argent des consultations que tes patients te paient en liquide. Tu comptes et recomptes l'argent qui assurera ta vie en Tunisie où tu as décidé, sur un coup de tête, de retourner t'installer, poussé par les créanciers qui t'ont déjà repris la voiture de sport rouge au volant de laquelle tu te réinventais. Ils se saisiront bientôt de ce lambeau de vie qui est la tienne pour une ultime humiliation à laquelle tu ne peux te résoudre. Tu prépares ta fuite.

Un jour, maman est revenue du travail plus tôt que prévu. Son gentil patron lui avait donné son après-midi, qu'elle avait passée avec Elyas à découvrir le sommet de la colline de Givry, la forêt plantée de pins noirs d'Autriche, de cèdres et de feuillus, la Chaume Sacrée et le charmant hameau de Russilly, blotti au creux d'un vallon ouvert sur le vignoble, à embrasser dans un dernier regard la côte chalonnaise et la plaine de la Saône. Je la revois grattant avec une infinie précaution les semelles crantées des souliers de mon frère. Surtout ne pas laisser de trace. Là d'où elle vient, le laboratoire qui n'existe que dans ta tête de drogué, les sols sont carrelés de blanc et Jeanne se déplace comme une danseuse.

Effacer, gratter, curer. Voilà ce qu'elle fait quand elle m'annonce qu'elle ne partira pas l'été à Tunis, que nous irons seuls, mon frère et moi, et que lorsque nous en reviendrons, seuls aussi, nous partirons. Pour toujours. Nous quitterons Chalon, cet appartement minable, la chambre obscure, les rues étroites. Nous irons vivre libres, ailleurs. Elle ne dit pas où et je ne demande pas non plus.

Elyas et moi sommes installés, tous les deux, dans l'avion, la bride à nos cous de mômes non accompagnés. C'est bien ce que nous sommes, des voyageurs sans parents, suspendus entre terre et ciel, guettant entre la France et la Tunisie un horizon où devenir enfants.

« *Mesdames, messieurs, la température à Tunis est de 32 °C. Nous vous souhaitons un agréable séjour…* »

81.

Juillet 1984

Sur mon visage s'est formée une épaisse croûte qui me dessine un masque et m'empêche de sourire. Les garçons ne s'en effraient pas pour autant : ils voudraient me faire danser contre leur corps, aventurer leurs mains sur le mien, faire de moi une femme. Je n'ai que treize ans mais j'en parais bien plus. Je cercle mes yeux de khôl. Je suis mystérieuse. Je me tiens à l'abri des moucharabiehs et mon rire de dédain réfrène les audacieux. Il ne leur reste dès lors qu'à soudoyer mon jeune frère pour obtenir une photo de moi. Mon regard triste contre leur cœur, leurs doigts secouant fort et vite leur sexe dressé par mon image en noir et blanc dans cet été-là. J'ignore leur râle que je recouvre de la musique de mon baladeur.

Le soleil a fait ma peau plus brune et éclore à mes lèvres les marques d'un herpès que tu ne diagnostiques pas. Tu ne vois ni mes yeux maquillés, ni les anneaux à mes oreilles que tu m'avais pourtant interdit de percer et que, par défi, j'orne de lourdes boucles. Tu ne vois que ce corps de presque femme qui, cet été-là, est pour moi d'abord une blessure. J'ai marché un matin sur le tesson d'une bouteille abandonnée sur une des plages de Gammarth ou de La Marsa où nous allons nous baigner avant que la chaleur accablante n'impose de longues siestes. La blessure est assez profonde. Ma démarche est claudicante et l'eau salée dans laquelle j'enfouis mon corps devenu enfin léger est torture. J'ai peur que la plaie ne s'infecte. Mais ce dont j'ai plus encore peur, c'est de ne pas rentrer, de ne pas retrouver maman restée seule à Chalon. Le soir, après sa journée de travail, elle appelle mais je ne peux pas vraiment lui parler car toujours tu te tiens à mes côtés. J'ai peur que tu te saisisses du téléphone au moment où elle m'annonce qu'elle a coupé ses cheveux, acheté de nouveaux vêtements, trouvé un travail loin de Chalon, à Fontainebleau où commencera notre nouvelle vie à notre retour. J'ai peur de la colère que tu ne peux contenir. Même devant les étrangers auxquels jusqu'alors tu présentais toujours le plus souriant de tes visages.

Tu m'as giflée cet été-là. Tu as levé sur moi ta main un soir. Il ne m'avait pas été facile d'oser te demander la permission d'aller dîner au restaurant. J'avais tourné dans ma tête des formules pour te séduire avant de me lancer, démarche mal assurée, voix chevrotante. Tu avais accepté. La maison de nos voisins dans le sud avait été louée à une équipe d'Italiens gouailleurs, accompagnés de leurs femmes splendides et d'enfants nombreux, venus tourner dans le désert tunisien et les maisons troglodytes de Matmata un film pour la Cinecittà. J'aimais que se fracassent leurs voix éraillées à mes oreilles, j'enviais leur insouciance, je les rejoignais parfois sur la plage où j'entrais dans l'eau en mordant mes lèvres gonflées par l'herpès. J'aimais surtout Carmelo et Danilo. La croûte alors se fissurait. Je m'allongeais dans le sable doux et j'étais heureuse dans leurs rires.

Tu as promis que j'irais dîner avec mes amis de l'été. Je guette ton retour pour que tu me déposes ensuite chez eux en voiture. Je compte les minutes, les secondes. C'est bien la première fois que je suis impatiente de te voir rentrer. Tu avais fini par m'accorder le droit d'aller partager avec mes amis et leurs parents la soirée de fin de tournage et d'adieu à l'été. Mais tu t'es absenté et tu ne reviens pas. Je boite sur la terrasse qui surplombe la route. Enfin les pneus crissent, mon cœur se serre sous la jolie robe que j'arbore pour l'occasion. Tu me fais signe de monter à l'avant. Tu me conduis à vive allure vers la maison où seuls m'attendent mes deux amis. Nous sommes en retard. Les adultes sont déjà partis et installés au restaurant où je n'irai pas. Tu cries. Ton énorme chevalière blesse ma joue de sale putain. Comme ma mère. Mes larmes de sel ravivent la douleur des crevasses au bord de mes lèvres.

J'ai découvert, allongée dans le sable, la moiteur et les rêves, cet été-là, une féminité douloureuse. Il en aura fallu bien d'autres, des étés, pour que se réchauffent les lits où je ne suis plus entrée ensuite que froide et rigide, paumes levées au ciel sous l'étreinte, comme une statue. Tu m'avais fait femme cet été-là. Trop vite. Trop tôt. Trop mal.

82.

L'infection par le virus Herpes simplex (HSV), très contagieuse, est responsable de l'apparition de vésicules ou de lésions dans la bouche ou sur les organes génitaux et souvent, lors de la première infection, d'une fièvre et d'une sensation de malaise. Le virus peut parfois infecter d'autres parties du corps, y compris les yeux et le cerveau.

Généralement, le médecin reconnaît facilement les lésions herpétiques, mais parfois, l'analyse d'un matériel prélevé au niveau de la lésion ou des tests sanguins sont nécessaires.

Aucun médicament ne peut éradiquer le virus, mais des médicaments antiviraux peuvent soulager les symptômes et les faire disparaître plus rapidement.

Après la régression de l'éruption vésiculeuse, le virus reste dans un état de latence dans les cellules nerveuses à proximité de la moelle épinière d'où partent les fibres qui innervent la région infectée. Périodiquement, le virus se réactive dans la même zone de peau que précédemment, sous l'effet de la fièvre, du stress émotionnel et/ou de l'immunosuppression. Le mécanisme déclencheur reste souvent inconnu.

Avant que les lésions n'apparaissent, les personnes peuvent ressentir un picotement désagréable ou une démangeaison dans la zone concernée. De plus, les patients atteints se sentent généralement souffrants et ont de la fièvre, des maux de tête et des douleurs musculaires.

Les lésions de la bouche, souvent très intenses, persistent pendant dix à dix-neuf jours et rendent extrêmement pénible l'ingestion d'aliments et de liquides. En conséquence, les personnes infectées peuvent se trouver déshydratées.

Les récurrences produisent généralement un groupe de lésions sur le bord de la lèvre. Puis les lésions se rompent et forment des croûtes qui tombent au bout de cinq à dix jours, signant la fin de l'épisode.

Chez les personnes qui ont une maladie de peau appelée eczéma atopique, l'infection à HSV au niveau de la peau lésée est potentiellement sévère. C'est l'eczéma herpétiforme. Il leur est donc vivement déconseillé d'approcher quiconque présente une infection herpétique active.

Le HSV peut affecter le cerveau. Cette infection, appelée encéphalite herpétique, commence par une confusion, une fièvre et des convulsions, et elle peut être mortelle.

83.

Août 1984

Le matin de notre retour est enfin arrivé. La veille, j'ai enfourné dans la Samsonite tout ce qui reste de cet été, entre la légèreté des neuf ans de mon frère et la découverte inquiète et prématurée de mon corps de femme. Tu as dit *Laisse la valise ouverte pour que j'y glisse quelques affaires. Je vais faire un saut en France.* L'herpès avait fini par reculer mais, à cette annonce, une boule s'est immédiatement reformée dans ma gorge. Mon corps s'est raidi. Elyas a pleuré, s'est caché. Resté introuvable pendant plusieurs heures.

Maman a promis de venir nous chercher à l'aéroport de Lyon-Satolas. Que se passera-t-il quand tu découvriras qu'elle a transgressé les interdits, à commencer par celui de pouvoir disposer de sa chevelure, dès que tu as tourné les talons ? Ta main s'abattra-t-elle sur ses joues maquillées dès le hall d'accueil, au milieu des estivants bronzés, heureux de leurs vacances exotiques, chargés de paquets ? Attendras-tu l'intimité de notre gourbi chalonnais pour lui donner la raclée qu'elle mérite, celle qui a osé couper ses cheveux comme une sale putain pour séduire les hommes ?

Tu dors encore lorsqu'Elyas et moi nous levons prématurément au matin du départ. Zohra, dans la cuisine, visage fermé, attend que tu la rejoignes. Elle ne comprend pas pourquoi tu rentres retrouver ta femme. Nous pas davantage. La matinée s'écoule trop lentement. Les sanglots de ta mère nous accompagnent. Dans l'avion, tu fumes un cigare énorme et ridicule qui, du moins le crois-tu, installe ta respectabilité. Nausée.

« *Madame, monsieur, en vue de notre atterrissage nous vous invitons à regagner vos sièges et à attacher votre ceinture. Le temps à Lyon est nuageux et la température est de 25 °C.* »

Maman est là. Je ne la savais pas si belle. Elle porte un tailleur-pantalon rouille que je ne lui ai jamais vu. C'est pour le travail. Elle ouvre les bras dans lesquels Elyas s'engouffre. On retient nos souffles et nos larmes.

Tu prends le volant pour nous conduire à Chalon. En chemin, tu racontes que j'ai été insupportable. Tes vacances ont été un calvaire. Tu reviens régler quelques affaires urgentes et puis tu partiras, définitivement. Les démarches pour ouvrir le cabinet à Gabès sont en bonne voie. Les glissières de métal filent sur l'autoroute, m'étourdissent avec la fumée des cigarettes que tu allumes, cinq au moins, avant de garer rue aux Fèvres la voiture de maman dont tu as pris le volant avec autorité. Tu disparais vite. Régler les affaires courantes, rejoindre celle des femmes qui veut encore de toi. Tu n'as pas dit un mot de la nouvelle allure de Jeanne. Tu ne l'as pas vue.

Le soir, tu rentres aux abois. Le téléphone n'a cessé de sonner pour réclamer de vive voix ce que tous les courriers amoncelés dans la boîte aux lettres depuis ton départ exigent. Tu es fait. Tu dois rembourser sous peine de saisie l'argent que tu as joué au casino, bu dans les bars des grands hôtels, placé dans les sièges de cuir des voitures de sport que tu conduis vite et mal. Savent-ils, tes créanciers, qu'il n'y a rien à prendre ? Le mobilier de ton cabinet ne vaut pas grand-chose. Toi, pas davantage d'ailleurs. Mais il se pourrait que tu passes en prison la fin de ton été avec les escrocs et les petites frappes que n'intimiderait pas ton arrogance de grand médecin. Tu dois repartir, plus tôt que tu ne l'avais envisagé. Tu ne veux pas répondre au téléphone, tu te caches derrière maman. Ses épaules que tu as si souvent meurtries sont maintenant ton bouclier. Tu as peur. Tu te terres, immobile dans le canapé puant du salon. Tu cherches un avion ou un bateau pour fuir. Mais l'été bat son plein et ils sont nombreux encore ceux dont la 504 break enfaîtée roulera la nuit entière avant d'embarquer au port de Marseille.

Pas de place pour toi. Maman se hasarde à proposer de te conduire jusqu'à Marseille, en Suisse même s'il le faut – son patron saura se montrer compréhensif – pour que tu prennes un avion, un bateau, n'importe quelle embarcation qui t'éloignera de nous. À jamais.

Finalement tu pars un soir. Je te revois descendre quatre à quatre les marches de l'escalier de cet immeuble châlonnais où s'est écoulé bien trop lentement le temps. En bas, t'attend celui de tes patients avec lequel tu vas t'embarquer dans le premier bateau qui te reconduira à La Goulette, loin de ce monde qui n'a jamais été tout à fait le tien, loin de ceux qui portent ton nom dans la tristesse et dans la honte. Tu pars. Tes dernières paroles sont pour maman. Tu exiges qu'elle refasse établir le passeport que tu as déchiré un soir de colère et qu'elle te rejoigne sur l'autre rive. Elle dit oui. Tu t'installes à bord de la voiture dont tu épouses la couleur beige, les sièges inconfortables. Tu pars. Petit. Minuscule. Inoffensif caméléon. Tu ne mourras pas de sitôt, tu conserves la queue qui te sert de balancier et de patte supplémentaire pour tes acrobaties et tes déplacements. Tu trouveras encore une branche à laquelle t'accrocher, te laisser pendre et capturer une proie. Elle se languit dans le sud tunisien. Elle te donnera trois beaux enfants. Tu ne le sais pas encore. Pour l'heure, tu jettes aux alentours un regard inquiet.

Nous fermons la porte sur tes pas qui ne retentiront plus jamais dans les escaliers de la traboule et te regardons monter à bord d'une voiture chargée des cadeaux que ton hôte *francaoui*[1] rapporte à sa famille restée

1. « Français de métropole » en argot arabe.

au bled. Tu es le passager clandestin de cet improbable chargement. Ramassé sur le siège avant de cette voiture beige, tu ne lèves pas même les yeux vers nous qui avons tellement espéré ton départ et qui tremblons à la fenêtre. Accoudée au premier étage de l'immeuble, je te vois pour la première fois si petit. Peut-être sais-je déjà que tu vas disparaître. Il ne restera bientôt plus de toi ici que cette plaque où est gravé le nom que je ne veux pas porter. Une épitaphe d'un métal qui imite le bronze. 1943-1984. Ci-gît le souvenir bruyant du docteur Yacine Hamrhani, diplômé de la faculté de médecine de Paris, bourreau de sa femme et de ses enfants.

84.

Août 1984

Les boucles denses du fil qui relie le combiné à son socle de bakélite ne vibrent pas. Pourtant le téléphone sonne. À intervalles réguliers. J'ai peur mais je ne veux pas qu'il se taise. Le jour n'est pas encore levé. Le halo de lumière d'un réverbère voisin éclaire cette petite masse grise, un cadran aux touches rectangulaires, aux angles arrondis. Quelques-uns de ces petits rectangles sont plus foncés, plus usés que les autres. Mes yeux s'aimantent à ces douze touches qui portent des chiffres et des lettres. Je ne comprends pas ce classement. 2abc, 3def, 4ghi, À quoi peut bien servir le bouton rond isolé sur le cadran ? 5jkl, 6mn, 7prs, 8tuv, 9wxy, 0ozq. 12 « renseignements », 13 « dérangements », 14 « agence commerciale », 17 « police », 18 « pompiers ». Devant « secours » un espace vide. Sur l'une des touches figure une étoile que je voudrais chevaucher. Quels numéros tes doigts jaunis de tabac ou couverts du sang de maman ont-ils heurté fébrilement dans tes nuits de colère ? Depuis mon étoile, je te revois traverser la nuit, te diriger vers la chambre où Elyas et moi partageons le même lit, te saisir de ce combiné et composer rageusement le numéro de celui que tu crois être l'un de tes créanciers. Tu cries. Tu menaces. Tu insultes. Tu vas *fracasser la gueule de ce connard* qui veut te mettre sur la paille, ce *mange-merde*, ce *rapace* qui te réclame les échéances impayées de la Fuego rouge achetée un matin au sortir d'une ivresse. Je ne dors pas mais je tiens mes paupières closes dans la chambre que ta colère a enflammée. Tu raccroches quand tu comprends que le destinataire est le président du Conseil de l'Ordre. Tu as fait un mauvais numéro. Maman le rappelle à ta suite, elle t'excuse et s'aplatit sous tes coups.

Le téléphone sonne. Il fait vibrer la table de bois de la cuisine que l'on n'emportera pas dans notre fuite. Au silence, je préfère ces sonneries qui disent que tu es loin, que tu n'es pas en route vers nous, que tu te tiens à raisonnable distance de ta femme qui te quitte cette fois pour de bon. Les cloisons de l'appartement que maman a vidé la veille tremblent à intervalles réguliers. J'imagine le trajet de ta voix à l'intérieur de ce fil gainé de plastique fort. Elle se perd. Je la devine pourtant. Replié dans un coin de la cuisine, au milieu des cartons que Gérard et Michel viendront charger dans une camionnette louée à la hâte, assis sur le sol au carrelage brun dont j'ai si souvent compté les carreaux, mon corps sursaute à chaque sonnerie.

Moi seule je t'entends. Tu cries, tu t'époumones. Je tremble. Hier, tu as dit *Viens me rejoindre.* Elle a répondu *J'ai demandé le divorce.* Je tremble. Ta colère enfin a crevé, fissuré les mosaïques colorées des murs du couloir de la maison du Bardo, inondé le jardin, fait ployer les arbres et tomber leurs fruits mûrs. Çà et là, de rares pétales de bougainvillier surnagent et leur couleur rose te nargue. Drapée dans son safsari dont la frange est mouillée, Zohra, de son regard muet, t'interroge. Tu écumes. Tes doigts bruns et maigres composent inlassablement le numéro qui sonne dans le vide. Je tremble.

Il faut faire vite. Tu as dit que tu prendrais le premier avion et que tu viendrais la tuer cette salope. *Tu as le bras long. Elle va payer.* J'ai peur de voir ton bras armé s'extraire du téléphone, sous la forme d'un patient auquel tu auras rendu service un jour, grimper quatre à quatre les marches de l'immeuble de la rue aux Fèvres où s'est terrée ta famille dans cette année terrible pour la poignarder.

J'ai peur que dans la confusion on ne place une bombe dans un des cartons du déménagement qui s'effectue dans le plus grand désordre. On charge ce qu'on peut. On ne prend pas grand-chose. Le vieux canapé-lit qui pue la cigarette où tu t'es vautré des journées entières, la machine à laver où je t'ai vu vouloir entrer un soir de démence. Quelques vêtements, les papiers surtout. Il faudra justifier notre état civil, il faudra prouver. Il y a longtemps déjà que maman a extirpé de sous le lit pour les placer en lieu sûr les couteaux, les radios et les certificats du légiste.

J'ai peur aussi de ceux-là postés dans la rue ce matin d'août, qui n'ont rien dit mais qui aujourd'hui sont là, ceux-là qui ne savaient pas, qui ne voulaient pas savoir, qui ne pouvaient pas imaginer, qui auraient bien aimé, qui auraient bien voulu, qui trouvent ça tellement triste et qui sont là les yeux élargis sur notre malheur dont ils ne perdent pas une miette. Je tremble. Je ne sais pas si c'est de peur ou de colère. J'entre dans ma nouvelle vie.

85.

LE TUBE DE COOLIDGE

Dans le tube de verre où n'existe plus que le vide, tendus sous l'effet d'un gaz pur et dense, les électrons s'agitent. En faisceau depuis la borne qui les libère, ils vibrent vers la cathode à son extrémité et la franchissent en un halo fluorescent.

Une lumière intense, puissante et inconnue s'est faite. Elle a transpercé les secrets du corps en pièces de ma mère. Ma mémoire a épousé la forme du tube de Coolidge. Les mots à ses parois sont venus se cogner pour dire ses jours de souffrance. À coups d'abord hésitants puis de plus en plus sûrs et réguliers, comme on frappe une monnaie, j'ai lissé les phrases, mes mots dans les chairs abîmées ; je les ai heurtés aux ossatures.

Mais toi dont je ne sais rien, tu es resté logé dans l'armure de plomb qui te protège des rayons X. Tu m'es demeuré opaque et inconnu. Je n'ai pas découvert tes secrets. Je ne sais pas le chemin qui a conduit à ta folie sanguinaire. Vouloir sonder tes mystères et te rendre transparent, n'était-ce pas prendre le risque de perdre, comme tant de radiologues avant moi, mes doigts ou mes mains entières, brûlés à la lumière nocive ?

Il ne m'est plus resté qu'une issue : écrire en négatif. Dire ce que je ne suis pas, ce que je n'ai pas pu ou pas voulu être. J'ai usé toutes mes forces à refuser ce qui venait de toi. Je me suis appliquée à me déshériter. J'ai élargi ton être opaque aux dimensions de ton petit pays et de toute sa culture et je me suis drapée sous un voile noir épais.

QUATRIÈME PARTIE
REDRESSER LES STATUES

Jeanne, étendue sur le dos, bras derrière la tête, ne tient plus debout. La fracture est instable, l'édifice menace de s'effondrer. Transparents, les disques, la moelle épinière et les racines nerveuses, échappés aux rayons, exigent une nouvelle investigation.

La densitométrie osseuse a parlé. Les vertèbres L4 et L5 ont glissé dans l'isthme ouvert par tes poings furieux. Une cascade fracturaire incline le torse que seule une chirurgie invasive pourra redresser.

Un corps étranger s'est logé dans celui de ma mère. Vis, plaques, tiges soudent désormais sa colonne. Un corset métallique lui fait le buste d'un guerrier. La voilà qui se hisse, en cotte de mailles, sur les terres nouvelles d'où tu as disparu après la bataille, sa silencieuse familiarité avec le monde aujourd'hui brisée. Chaque geste ordinaire demande un effort inconnu. Le corps, prématurément vieilli, a lâché, mais un deuxième est possible. Jeanne le sait. Dans l'amour et l'enfantement, elle a, jadis, accueilli, abrité, expulsé un corps étranger au sien.

Aujourd'hui, la greffe a pris. J'observe sur la pellicule la résurrection de cette femme en un corps ceint, né d'un coït chirurgical. Cette femme nouvelle reste une énigme. L'œil ne distingue pas les sutures, quelques points d'interrogation tout au plus.

86.

Septembre 1984

Chaque départ m'a écorchée. C'est comme ça que je suis arrivée à Fontainebleau. À l'os.

J'avais pourtant réuni, l'année de ma classe de 4e, un quarante-cinq tours de David Bowie acheté à Londres au cours du voyage scolaire que j'ai effacé de ma mémoire mais dont la pochette pouvait témoigner et des tas d'enregistrements sauvages que j'écoutais depuis le petit walkman jaune que tu m'avais rapporté d'on ne sait où, toujours vissé sur mes oreilles. J'ai dû, eux aussi, les quitter dans la dernière fuite, la véritable, celle qui allait mettre des kilomètres et des années entre toi et moi.

La nuit, maman a achevé de tasser dans les cartons l'essentiel de nos vies, autant dire pas grand-chose. De quoi manger et dormir, de quoi nous habiller aussi. Mon dossier scolaire pour m'inscrire au collège international de Fontainebleau au milieu des meilleurs élèves, ceux qui apprennent l'allemand et le latin, et qui, promis à de brillantes études, font la fierté de leurs parents. Sur quelques bulletins rectangulaires d'un papier fragile, je lis que je suis une excellente élève mais que je dois gagner en confiance et oser participer. Je n'ouvre la bouche que pour fredonner les tubes qui m'évadent. Aucun ne m'a suivie. Il va me falloir apprendre à parler.

J'ai treize ans, je sais distinguer les États arabes des musulmans, je peux en dessiner les drapeaux colorés et réciter le nom de leurs capitales, le nombre de leurs habitants au dernier recensement. Mais quand on me demande ce que j'aime et qui je suis, je ne sais pas.

Avec mes bulletins, un sac lourd qui contient des tas de clichés. Des reliques. Les radios du corps blessé de maman.

87.

Septembre 1984

Ma mère a déchiré les photos. De celui qu'elle a tant aimé, elle a effacé le nom. Tu es devenu l'autre, le vieux con. Tu es mort à nos mémoires. Nous avons dansé sur ta tombe. Et maintenant que tu es enseveli, loin à l'intérieur de chacun d'entre nous, il faut continuer.

Jeanne retrouve vite un travail et un appartement. Tous les matins, elle quitte le deux-pièces qu'elle a pu louer dans une cité d'Avon grâce à la caution de ses parents. Elle prend la route pour rejoindre le laboratoire privé de Melun où elle effectue des prélèvements en tous genres qu'elle place ensuite sous la lame de son microscope ou dans d'étranges machines. Sonder le corps des autres est son métier. Oublier le sien est l'histoire de sa nouvelle vie. Elle ne songe à réparer ni son corps ni son âme brisés. Elle a trente-sept ans, deux enfants. Elle avance.

88.

Septembre 1984

Elyas est entré au CM2 à la rentrée de septembre. Son institutrice lui a tendu un imprimé où écrire son nom. Elle a ramassé le papier vierge. Mon frère ne sait pas répondre. Il a oublié. Sait-il qu'il ne risque plus rien désormais à mâchonner le capuchon de ses feutres ? Ses dents ne se desserrent plus que dans un rire dont on ignore la source.

Jeanne l'envoie consulter. Un mercredi, elle l'accompagne chez le psychiatre dont elle a trouvé les coordonnées au hasard des Pages jaunes de l'annuaire. Les syllabes de son nom composé sonnent bien. Peut-être un lointain parent de Freud. Ensuite, parce qu'elle travaille et qu'il faut bien gagner de quoi élever ses deux gamins qu'elle a emmenés dans sa fuite, elle le laisse aller seul au-devant de cet homme maigre et voûté qui veut faire revenir le père à la mémoire du fils. Elyas fuit. Maman paie en râlant les consultations qu'il n'a pas honorées. Que pouvait-elle faire de plus ?

89.

1985

Le bus me conduit chaque matin de la cité des Fougères au collège international de Fontainebleau. Les parfums d'épices saturées de mes voisins pakistanais m'agressent. Le trajet est chahuté, le conducteur s'époumone. Je retiens ma respiration pendant un temps qui me paraît infini. J'arrive au milieu de mes camarades, le cœur au bord des lèvres. Je ne veux pas briller.

Je voudrais être Nathalie Jamard, blonde, les yeux bleus, père normand. Ma copine Nathalie parle fort, elle est drôle, elle a de l'argent de poche, elle sort le samedi soir, elle se moque de l'école, elle vend des pulls Benetton dans la belle boutique de la rue piétonne de Fontainebleau, elle se dispute avec sa mère, elle couche depuis longtemps, elle maquille ses yeux et sa bouche avec soin, son copain roule en Golf GTI, elle partira avec lui, c'est sûr, ils feront le tour du monde.

Mon teint mat est celui du père italien que je m'invente. Une partie de ma famille vit dans la banlieue de

Rome près de la plage où l'on a retrouvé le corps atrocement mutilé de Pier Paolo Pasolini. Quand je disparais pendant les mois d'été, je fréquente les *ragazzi* et j'aime la caresse de leurs mains sur mon corps pubère. J'ai vécu à l'étranger deux années formidables et le retour d'expatriation a été un peu difficile. Il faut dire que j'étais si bien là-bas, au soleil, dans la grande maison où le jardiner venait me présenter des caméléons et des mantes religieuses pendant que Zina la bonne me servait une orangeade rafraîchissante. Je suis douée à l'école, douée pour les devoirs sans doute, et je peux me permettre de faire rire ma voisine pendant les cours de M. Guérra, l'impressionnant professeur qui a perdu de sa superbe le jour où il a coincé deux de ses doigts dans une satanée chaise longue et a bien failli être amputé. Imaginer le prof sans doigts suffit à imprimer un sourire sur mon visage. Rien n'est plus drôle que le malheur ! Je me suis inventé un monde pour éviter le naufrage et je parle.

90.

1985

Ceci est mon corps. Mais je n'en veux pas. Ma peau trop mate encourage les questions que j'évite. Mes seins trop lourds appellent devant le miroir mes tantes tunisiennes et plaisent aux garçons. Mon silence vaut consentement. Ils ne savent pas que je voudrais ressembler à Françoise Hardy, comme maman, et que cette poitrine que m'envient mes copines, qu'ils convoitent et pétrissent de leurs gestes maladroits et qui toujours me laissent indifférente, je voudrais la bander, l'étouffer, l'amputer.

Mais depuis longtemps déjà, mon corps déborde. J'ai renoncé à le glisser dans le tutu rose, abandonné en Tunisie dans notre fuite. Qu'importe, je ne serai jamais danseuse !

Je le sais depuis ce jour où un homme vieux et silencieux m'a fait signe de m'allonger sur une table noire recouverte d'un papier blanc.

Sous la plante de mes pieds déchaussés, les nervures de la marche de métal. C'est froid. Je suis jeune et nue devant celui dont je ne vois que le visage ridé. Il porte des gants de plastique et une lampe sur le front. Le papier se froisse quand je m'assois. J'entoure mes seins de mes bras pour les soustraire à son regard. La lumière blanche du plafond finira bien par m'aveugler si je la fixe. Mes épaules entrent maintenant au contact du papier rêche. Mon dos cambré dessine un large creux au bas de mes reins. Je serre mes fesses nues au bord du précipice. Je retiens mon souffle. Non. Je ne veux pas écarter les jambes. Il me faut pourtant les ouvrir. Allons. Mon corps devient le territoire d'un inconnu qui y plonge un instrument de métal. Il m'explore. Il m'écartèle. Va-t-il aussi entailler mes jointures pour me démembrer ?

Je voudrais crier mais ma voix m'a quittée. Le vieil homme sonde mes profondeurs. Je le rejoins au fond de cette paroi utérine qui ne m'appartient plus tout à fait. Je ferme les yeux et les taches scintillantes continuent de diffuser de petits rais lumineux. Je plonge en moi, je voudrais m'abriter, me replier au milieu de ces amas de sang et de vaisseaux que je sens palpiter sous les gestes de l'étranger. Cette petite cavité où je n'avais jamais encore osé placer mes doigts d'enfant, la voilà offerte. Je ne veux pas qu'on se saisisse de mes trésors sous-marins pour faire de moi une femme. Je ne veux offrir mon sexe ni aux mains ni aux regards. J'essuie mon corps avec le papier qu'une main dégantée me tend sans un mot. Je me rhabille. J'écarquille les yeux, une tache rouge sur la rétine.

N'être plus qu'un silence, qu'une longue silhouette muette et diaphane. Dissimuler les traits trop maghrébins que tu m'as légués. Recouvrir la marque à mon front.

Je farde délicatement mon visage. Je soulève avec d'infinies précautions le couvercle de la petite boîte de talc. Il s'en échappe un parfum d'autrefois. Je dépose sur la poudre blanche l'éponge à peine humide que j'ai volée l'été dernier dans la trousse de maquillage de Fadila. Enfin je pâlis. Mon expression se fige. Nul ne saura plus qui je suis. Je deviens œuvre d'art. J'offre mon masque blanc aux plaisirs de mes spectateurs. Ma bouche, sur laquelle j'ai appliqué un pinceau rouge, a pris la forme d'un cœur. Le mien, serré sous les bandages, bat désormais plus lentement. De mes yeux qui voudraient pleurer aucune larme ne coulera. Le khôl que j'y ai appliqué me l'interdit. J'entre en dévotion avec ce corps blessé et ma prière silencieuse. À l'abri de toutes les questions, j'ai enfoui le secret de l'enfance que tu as brisée. Je porte ma douleur comme un sourire triste.

91.

1986

Pas plus que je ne veux porter ton corps, je ne veux porter ton nom. Il est imprononçable. Tout le monde sur lui trébuche et toutes ces chutes me blessent. Je réponds par un silence gêné aux hypothèses hasardées par les plus audacieux. On me croit malgache. J'ignore que c'est l'adjectif dérivé de Madagascar, d'ailleurs je ne sais pas non plus où situer cette île. J'entends *mal* et *gâche* et soudain j'ai peur d'une fusillade. Il n'y a pourtant plus d'armes à la maison depuis que nous avons quitté Chalon. Plus de raison d'avoir peur. Mais longtemps mon corps et ma mémoire sursauteront. Que quelqu'un parle un peu fort, je bascule. Je suis la quille d'un bateau ivre. La direction que j'indique est incertaine. Je voudrais bien entendre les clameurs d'esclaves révoltés qui seraient mes pères de dignité. Mais je ne suis pas arrière-petite-fille d'esclaves affranchis, de héros dont le sang a coulé pour leur liberté. Mes poignets ne portent pas la trace de mes entraves et la peau mate de mon dos n'est pas lacérée de coups qui diraient de grandes douleurs. Non. Je ne suis pas de ceux-là. Je porte aux chevilles une chaîne que personne ne soupçonne, qui alourdit ma démarche et raidit mes pas.

Pour les amis avec qui je danse et je bois le samedi soir, je suis la fille d'un bellâtre italien à qui ma mère a succombé un été sous le soleil de Naples et qui s'est envolé vers d'autres lits à la naissance de mon frère.

Et il ne te manque pas, ton père ? Il est encore trop tôt pour que je découvre la douleur du membre fantôme dont se plaignent ceux que l'on a amputés.

92.

1988

Je me cherche un père. À l'université, je rencontre deux prétendants au titre.

Charles Baudelaire ? Un haschischin ferait un honorable géniteur ! Ma chevelure frisée moutonne sur l'encolure, ma peau est celle des ensorcelantes mulâtres qu'a aimées l'ombrageux Poète. Se pourrait-il, alors, que je tienne de lui cette mélancolie trompée dans le travail ? Je débusque entre les pages ces vers que je t'ai entendu, jadis, réciter. Je plonge dans de froides ténèbres, soulève des couvercles bas et lourds, je serpente entre les fleuves de charbon, dans les rideaux épais des palais je drape ma peine, je sonde le fond de l'inconnu pour te trouver de nouveau.

Je hasarde encore d'autres hypothèses. Un matin, j'exhume le cercueil d'un homme que les photographies immortalisent cheveux bouclés et visage rapiécé. Je repère la lourde pierre sur laquelle je lis deux noms, « Esther Bienenfeld et Georges Perec », quatre dates « 1896-1974,

1936-1982 ». Je creuse, je transpire, je m'acharne. Le cercueil est plus léger que je ne l'avais imaginé. Deux employés municipaux suffisent à l'extraire de la fosse et à le déposer dans la quatre-vingt-septième division du cimetière du Père-Lachaise. Les deux premiers scellés cèdent facilement, les derniers offrent un peu de résistance. Je m'attends au pire. Je soulève le couvercle… Rien, absolument rien. Le cercueil est vide. Pas la moindre trace d'ossements.

Au bord du trou laissé béant par l'excavation de la case trois cent quatre-vingt-deux, figée, un peu hagarde, je suis là, prostrée, à la main un plan du cimetière, à mes pieds une petite boule jaune. On dirait du mimosa. Sans cadavre, sans ossements, comment prouver que je suis bel et bien la fille de ce père putatif ?

Je n'ai pas de souvenirs d'enfance, les points dans mon dos me maintiennent en suspension au-dessus de la double vie que je mène. Je jongle avec les mots, me cache et rêve qu'on me découvre, mais personne ne joue le jeu dont je n'énonce pas les règles. J'étrangle un rire amer, le petit bourgeon d'une fleur jaune au fond de ma gorge. L'éminent professeur de la Sorbonne dont je suis les cours de licence m'introduit dans les lieux que Georges Perec a tenté d'épuiser. Je n'y trouve pas l'appartement miteux de Chalon mais le plaisir de heurter les mots au silence, le talent de faire apparaître ceux qui ne sont plus. J'enlise ma plume dans sa trace.

93.

Juin 1994

Tu m'as tuée quand j'avais treize ans et je t'ai rendu la pareille. Ce qui ne se peut nommer s'efface et je t'ai effacé. J'ai caché mon corps trop brun, bandé mes seins trop lourds. J'ai voulu porter le nom de ma mère. Cela ne se pouvait. Alors j'ai pris celui de maris épousés à la hâte pour me remparer. Je ne résistais pas toujours à vomir le sel à mes lèvres ni à pleurer le sable sous mes paupières mais je te fuyais de toutes mes forces.

Devenue reliquaire, je trimballais en moi ton encombrant squelette, et tes os cliquetaient en une inquiétante symphonie quand je trébuchais sur mes souvenirs. C'est pour n'avoir pas à faire entendre cette étrange musique sans doute que je ne desserrais que péniblement les lèvres d'où sortaient parfois *Les Pleurs de l'excavatrice* et d'autres vers de Pasolini que j'avais appris par cœur et qui achevaient de façonner l'image mystérieuse derrière laquelle m'abriter.

Ce n'est qu'aimer, et que connaître,
qui compte, non d'avoir aimé,
ni d'avoir connu. C'est angoisse
que vivre d'un amour
révolu. L'âme ne grandit plus.[1]

J'avais bien failli au collège être trahie par une surveillante algérienne qui s'était plu à prononcer, avec cette voix qui vient du fond de la gorge et que j'avais immédiatement reconnue en frémissant, ce nom dont elle m'avait dit hautement qu'il signifiait « Je suis là ». Il n'y avait pas eu de témoin, j'avais fait semblant de rien, gardé bien en place le masque impassible moulé sur mon visage, je n'avais pas tremblé en rejoignant mes amies dans la cour pour des jeux qui m'étaient étrangers, m'étais ensuite sagement recourbée sur mes livres jusqu'à cette après-midi de juin.

J'entends une voix qui dit *oui*. Cette voix c'est la mienne il faut croire, puisque dans les minutes qui suivent une main me tend le livret de famille où je reconnais le gribouillis qui me sert de signature et qui atteste que je suis bel et bien ta fille. Devant la toute petite assemblée réunie pour célébrer le mariage civil du bellâtre qui a choisi de faire de moi sa femme et dont j'ai décidé d'épouser la famille modèle, le nom de Yacine Hamrhani a éclaté.

1. Pier Paolo Pasolini, *Poésies, 1953-1964*, Gallimard, La Pléiade, 1980.

L'adjoint au maire en a péniblement détaché les trois syllabes. Elles sont venues se heurter aux dorures du plafond de la mairie de Fontainebleau. C'est le jour de mes noces que tu as choisi pour reparaître. Tu ne m'as ni offert ton bras fier pour traverser la salle des mariages, ni souri les yeux embués en mesurant à l'aune de ma robe blanche le temps écoulé depuis ta désertion. Non. Tu es venu palpiter dans mes veines. Mon sang bouillant de ta colère, ma main droite a péniblement dessiné la signature des huit lettres de ton nom que j'abandonne enfin au profit d'un autre.

Celui qui allait devenir brièvement mon mari ce jour de juin t'a découvert, logé dans une femme qui déjà lui échappait. Le banquet a le goût du désastre.

Voici que dans la chaleur enchantée
de la nuit noire, qui, là-bas,
parmi les méandres du fleuve, et la vision
de la ville assoupie parsemée de lumières
frémit encore de mille vies,
désaffection, mystère, et misère
des sens, me rendent hostiles
ces formes du monde, qui, hier encore,
constituaient ma raison d'être.

Tu t'es invité à ma table et n'es jamais reparti.

94.

L'amputation d'un membre expose à de nombreuses douleurs, mécaniques et neuropathiques, permanentes ou paroxystiques qui génèrent des sensations de brûlures, décharges, écrasement ou crampes. Ce type de douleur peut survenir plusieurs jours après l'amputation mais parfois après plusieurs années.

Très fréquente dans les suites opératoires précoces, l'hallucinose se définit comme la perception toujours présente de la partie du corps amputée. Cliniquement, le patient décrit des sensations intéroceptives, kinesthésiques, et des sensations de mouvements, comme si le membre était toujours présent. L'hallucinose n'est pas forcément douloureuse, elle est plutôt décrite comme une sensation à part entière.

L'algohallucinose se traduit, quant à elle, par des douleurs ressenties dans le membre fantôme. La fréquence de ce type de douleurs augmente en fonction de l'âge. Plus l'amputation survient à un âge avancé, plus la personne y sera sujette. On peut aussi établir un lien avec la sévérité des douleurs présentes avant amputation et la brutalité du geste opératoire. Une amputation prévue chirurgicalement est beaucoup moins propice aux douleurs fantômes qu'une amputation accidentelle.

L'algohallucinose est liée au cortex somesthésique et au cortex moteur, aires cérébrales qui intègrent le schéma corporel et permettent l'adaptation aux changements de notre corps. Lorsque les informations disparaissent avec la perte d'un membre, la plasticité cérébrale cherche ces informations pour les remplacer. Les fibres nerveuses lésées vont repousser et se réparer, s'accumuler entre elles et former ce qu'on appelle des névromes d'amputation, lesquels peuvent donc être responsables des douleurs du membre fantôme. D'autres scientifiques postulent que les neurones logés dans la corne postérieure de la moelle épinière, privés de leurs influx périphériques sensoriels, vont développer une activité anarchique qui va être interprétée par le cerveau comme des messages douloureux venant des récepteurs périphériques qui ont disparu avec le membre fantôme. D'autres soutiennent enfin une troisième et dernière hypothèse d'ordre psychologique. L'amputation d'un ou plusieurs membres est une expérience traumatisante à la fois pour le corps et pour l'esprit. Certaines personnes mettront davantage de temps que d'autres à accepter cet acte. Elles se représenteront sans cesse dans leur esprit leur membre disparu. Ce phénomène de projection mentale est responsable d'un influx périphérique sensoriel qui n'est pourtant plus présent, et ce dernier génère les douleurs du membre fantôme décrites plus haut.

95.

Novembre 1998

J'ai vingt-huit ans bientôt et ma vie derrière moi. Je l'ai commencée par la fin. Je suis déjà morte une fois, il y a longtemps et maintenant que je n'ai plus le choix, il va me falloir m'enfanter. L'air est noir. Les parois de mon monde tremblent, s'entrouvrent et laissent filtrer une lumière nouvelle. Étrangère, elle m'aveugle mais m'attire. Les livres qui tapissaient mon abri sont tombés dans un bruit sourd. Je regarde s'effondrer mes remparts. Figée. J'ai peur que leurs pages ne se froissent ou ne se déchirent, pire, qu'elles ne s'effacent, rendant à la nuit définitive les mots, mes compagnons d'infortune. Il me semble bien parfois que je pousse de petits cris mais ils s'égarent à l'intérieur de mon corps, dont je devine à peine les contours, avant d'avoir pu franchir mes lèvres. Je suis seule à les entendre. Une femme tente de desserrer la corde à mon cou. Je sens son souffle dans mon dos et je perçois sa voix grave. L'air enfin se fraie un premier passage dans mes poumons, me causant une effroyable douleur. Les larmes coulent maintenant, venues de loin et en nombre. Elles inondent le divan sur lequel je me suis allongée une fin d'après-midi d'hiver. Mes yeux découvrent le plafond d'un petit appartement de Montparnasse que je viendrai détailler chaque semaine, *laissant sortir de confuses paroles, traversant des forêts de symboles qui m'observent avec des regards familiers.*

Je dis. Je suis venue réclamer l'enfant qu'on me refuse. Je dis. J'écarte à heure fixe les jambes et sur moi je sens le corps lourd de l'homme blond dont je porte le nom, en moi je sens se répandre le liquide séminal, j'attends, mordant les draps, la fin de l'empoignade ; une mèche des cheveux de l'homme qui râle parfois me reste dans les mains. Je lève les pieds au mur après l'étreinte. Je dessine un sourire sur mes lèvres qu'il a mordues. Pendant quinze jours, je ne marche pas, je flotte. Je pose bien à plat mes mains sur mon ventre, je plonge à l'intérieur de moi, j'écoute la voix assourdie de l'enfant qui s'annonce, je compte les minutes et les cellules, je les observe se démultiplier par miracle, s'agiter à l'intérieur. Je sens les ailes du papillon. Je bombe la poitrine devant le miroir. Je vois les aréoles de mes seins brunir, leur contour irrégulier vaut affirmation. Je flotte le cœur au bord des lèvres. Je desserre d'un cran la ceinture de Miss Capes que jamais je ne quitte. Elle me gêne désormais. Je sens plus loin plus fort. L'odeur du jasmin m'appelle. Je cours après les papillons venus butiner les belles-de-nuit de l'avenue Habib-Bourguiba.

Et puis, un matin, entre mes jambes coulent le sang et mes larmes. Une nouvelle fois.

Je viens réclamer le droit d'être mère. Je traîne sur le divan tout mon être creux. La voix grave dans mon dos résonne. Elle dit *celle qui n'a pas été enfant ne sera jamais mère. C'est la règle. Il faut devenir enfant. Tu es une vieillarde, tu portes ta vie comme Barthélémy l'écorché sa peau, tu dois déposer là tes livres et tes concours, briser le masque funéraire moulé sur ton visage, tu dois devenir enfant, fille puis femme et ensuite seulement tu porteras au creux de tes bras l'enfant que tu réclames. C'est la loi des hommes.*

Aux murs du plafond se cogne la sentence. Il me faut emprunter des chemins que je ne connais pas. L'air est noir. J'ai peur de trébucher et de heurter ma vie au terrain accidenté. Je redoute le précipice. Mes mains cherchent la paroi et les livres. Ils ont disparu. Je suis seule et nue.

Je dis. Je suis la fille de Georges Perec. Comme lui, ma chevelure brune et bouclée encadre mes yeux tristes, sur mon corps rapiécé se devinent les cicatrices, les points qui me suspendent entre deux rives, j'aime les mots jusqu'à la lie, je ris, je brille. Et lorsque je pleure, c'est en silence. Je n'ai pas de souvenirs d'enfance. Mon histoire tient en quelques lignes. Je suis la fille d'un homme et d'une femme qui se sont aimés passionnément et passionnément déchirés. Quand j'avais treize ans, ils ont tenté de se suicider. Ils ne sont pas morts. Moi si.

96.

L'amnésie dissociative est une situation d'amnésie sélective ou globale. La situation entraîne une souffrance, ce qui la distingue d'une transe culturelle ou religieuse. La dissociation a été définie par Pierre Janet en 1893 comme un état « crépusculaire » par le « rétrécissement du champ de la conscience ».

L'amnésie est massivement rétrograde. Dans l'amnésie sélective ou localisée, le sujet n'oublie pas son nom ni son identité mais il peut oublier les personnes rencontrées, ou ne pas identifier des objets achetés dans la période occultée.

Il s'agit dans la très grande majorité des cas d'une amnésie rétrograde disproportionnée, c'est-à-dire que la mémoire antérograde et les fonctions exécutives sont intègres ou très peu modifiées au regard de l'oubli du passé.

L'amnésie concerne la biographie des sujets et l'accès aux événements de vie mais souvent aussi aux savoirs personnels (identification de proches, adresse, etc.) est souvent touché.

Enfin, du point de vue comportemental, les sujets présentent soit une grande perplexité anxieuse soit « la belle indifférence affective ». Le risque suicidaire est important.

97.

Mai 2015

Longtemps après, je suis revenue fouler cette terre à la fois mienne et autre. Je marche sur les débris, un homme qui m'aime à mi-temps sur mes talons. La révolution de Jasmin a libéré du joug de Ben Ali des étudiants fiévreux mais elle a laissé le pays exsangue. J'erre dans le musée du Bardo déserté, mes pas résonnent. À son fronton, un monument aux morts. Lesquels ? Un bouquet désuet, des inscriptions que je ne peux toujours pas lire, un audioguide qui perd la voix dans le lointain. Je préfère le silence à ce grésillement mais je n'ôte pas le casque de mes oreilles. Je veux arpenter seule la Tunisie où je reviens avec mon amant dix-sept ans après mon premier retour. Le musée jouxte le palais présidentiel, vide, lui aussi.

Nous nous engouffrons ensuite dans un taxi. J'ignore le regard inquisiteur que posent sur moi les badauds. Ils interrogent ma peau brune et l'homme élégant aux cheveux blancs qui me donne pudiquement le bras quand je sais qu'il voudrait m'embrasser goulument. Les sièges de cuir sont brûlants. Le chauffeur, à l'abri dans son véhicule, est loquace. Il raconte la Tunisie d'antan, ses yeux se plissent devant les enfants qui mendient ; il raconte les siens auxquels il ne peut plus offrir les livres et les stylos qui leur permettraient d'étudier pour s'en aller, s'extraire de ce petit pays qui n'avait à vendre que son huile, son harissa et ses plages. Ce pays qui souffre maintenant d'avoir de puissants voisins aux riches sous-sols, aux bras armés par de plus grands encore. La Tunisie qu'il aime s'efface. La mienne, je ne sais pas si je l'aime. Je la vois, encore, pour la première fois.

Carte postale vieillie, décolorée, gladiateurs exsangues, édifices muets. Carthage. Je reste en suspension jusqu'à l'arrivée sur le site qu'aucun touriste n'encombre. Il n'y a pas si longtemps que les bombes ont dissuadé les curieux occidentaux. Sur les traces de Didon, je cherche à distinguer les lanières de la peau du bœuf qu'elle a coupée pour dessiner, circonscrire et étendre les limites du territoire où elle a fui Tyr en feu et le terrible Pygmalion. Là où elle attendra une vie durant le retour de l'aimé. J'emprunte son chemin. Non pas femme mais fille abandonnée. Ce n'est pas Énée que je pleure. Je m'émeus d'une statue, allongée dans un recoin, à l'abri des regards. J'ignore qui est cette femme aux yeux évidés. Sa robe fragile plisse encore d'une course qu'elle semble avoir arrêtée brutalement. J'en fais secrètement ma sœur. Je caresse les orbites nues de cette beauté. Je m'allonge à ses côtés. Gésir au soleil. Et pleurer.

98.

Les nuits que Jeanne traverse seule sont agitées. On dit ses jambes sans repos. Dans le lit où l'ont accompagnée ses cauchemars, elle court. Depuis quarante ans. J'ignore si elle veut fuir ou rattraper les années. Elle court. Son corps maigre est celui d'une athlète. Aujourd'hui pourtant, le vieux canapé-lit, imprégné de tabac et de souvenirs nauséabonds, a rejoint les monstres, emporté par les éboueurs sur un trottoir de Fontainebleau. Mais les nuits de Jeanne sont sans sommeil et elle continue sa course devant les images surgies de l'enfance, devant le désastre de sa vie conjugale, devant le silence de son fils. Les bras et les yeux grands ouverts, elle n'étreint plus que des ombres et sa parole, rare, répète inlassablement le chant de douleur qu'elle a toujours au bord des lèvres.

Jeanne était née avec la fin de la guerre, dans les décombres de Paris encore rationné, et ses parents avaient fait le choix de la confier aux leurs, à Dordives dans le Loiret. Là-bas, le lait ne manquait pas et l'air était bon. Elle n'entendrait ni les sirènes ni les mots de ceux dont le vin desserre les lèvres sur d'atroces récits après la journée de labeur. Elle aurait dû être choyée et bien nourrie. Elle fut battue et brisée. C'est dans cette petite maison près de la nationale 7 qu'a commencé son calvaire. La maison, c'est celle du grand-père paternel. Une petite maison posée sur un grand jardin potager. Devant, deux pruniers ombragent les fenêtres. À l'arrière, une cuisine, une cour et un puits que Jeanne aime manœuvrer. Il faut beaucoup d'efforts pour que la lourde roue se mette à tourner. Mais une fois qu'elle s'élance, elle emporte ses bras menus et l'eau affleure, riante et profonde. Jeanne ignore où est la source qui l'alimente et se prend à rêver de canaux souterrains qui, un jour, recouvriront les allées du jardin, la surface de la terre, se chargeront de navires et l'emporteront loin, très loin, sur les rives de la Méditerranée, là où l'on dit que les hommes sont bruns et beaux, que les femmes préparent des plats de miel et d'épices dont les parfums enchantent les nuits suaves. Jeanne arrose le potager. Elle use ses mains d'enfant à extraire de la terre durcie par le soleil froid les racines dont la grand-mère préparera les soupes que seul son frère aura le plaisir de goûter. Bien souvent, Jeanne, le petit démon en culottes courtes, la mauvaise fille que ses parents ont trop gâtée, passe ses soirées punie, les mains sur la tête, grimpée sur la borne de la nationale 7 qui indique aux rares automobilistes Paris, au bout de la route, à cent vingt-deux kilomètres.

En équilibre, l'enfance de Jeanne.

Les petits pieds ratatinés dans des galoches qu'on change une fois l'an, serrés l'un contre l'autre sur ce petit plot de béton rouge et blanc, mordus par les hivers rigoureux. Elle attend ses parents qui ne viennent que rarement mais qui envoient des mandats pour la pension des enfants. Son père, Henri, est sorti de la guerre plus silencieux qu'avant. Il aurait bien voulu s'installer à Alep avec Josette et les enfants. Ils auraient mené là-bas une vie simple et facile au milieu des Bédouins rencontrés en 1941. On redoutait que les Allemands, avec le soutien de Vichy, n'envahissent la Palestine pour prendre le Canal de Suez en passant par la Syrie. Alors il a passé des nuits sous la tente et des jours à sillonner des paysages de lumière, à croiser des visages aux sourires blancs, sans jamais participer aux lointains combats de Damas. Mais elle a dit non aux rêves d'Orient. La petite femme qui partage sa vie a refusé l'aventure. Ils ont repris la leur comme avant. Lui, de bon matin à Rungis ou à La Villette, à choisir les meilleurs morceaux pour la boucherie de La Croix-Nivert, elle à faire les comptes d'un commerce qui vacille, à se rendre à la poste le premier jour de chaque mois pour que Gérard et Jeanne ne manquent de rien. Ils ont espéré des jours meilleurs. Ils ne sont jamais venus.

Un matin pourtant, Josette et les enfants sont réunis. Ils se promènent à Aulnay où résident les grands-parents maternels. On les voit peu, on se sent à l'étroit, mal à l'aise dans le monde guindé que leur fille aînée a trahi en épousant le fils d'un paysan. Interdiction de courir dans la roseraie aux allées bien taillées, interdiction de parler à table avant d'y être autorisé par le maître et la maîtresse de maison, obligation de porter le chapeau qu'a façonné une modiste et une jolie toilette qu'on change quand le soir tombe. Josette et ses enfants ont pris un train pour la journée et ont profité de la sieste pour s'éloigner vers la campagne qui les appelle dans le printemps. Une route en bordure de chemin. Des herbes folles. Une voiture. Une seule. À son volant, un homme ivre. Josette lâche la main de ses enfants. Ils roulent dans les herbes soudain assagies par le poids de leurs corps. On la croit morte. Elle ne l'est qu'à demi. Brisée par un chauffard que son mari voudrait abattre, elle est lentement réparée. Celle que les infirmières surnomment *La Dame aux camélias*, au terme d'une année passée de service en service et de chirurgien en chirurgien, jambes blessées, démarche claudicante, retrouve la vie. Mais pas ses enfants, de nouveau confiés à la marâtre de Dordives.

Jeanne entre en sixième lorsqu'elle rejoint enfin ses parents à Paris. Elle a obtenu son certif et quitté la maison des grands-parents, y laissant son frère qui se prépare à devenir fraiseur. Tourneur-fraiseur. Jeanne rêve des derviches rencontrés dans les livres ; Gérard assemble des pièces mécaniques, recouvre de silence les bruits de l'usine et les souvenirs de sa sœur maltraitée à laquelle il n'est jamais venu en aide. Elle était seule sur la borne de béton. Il est seul désormais dans les remords peut-être et dans la maison de Dordives dont il sera plus tard l'unique héritier. Jeanne a rejoint ses parents. Elle erre avec eux de meublé en meublé, partage parfois leur lit, la vie est dure, le commerce est un sacerdoce et Henri bien trop généreux. Sa boucherie a fait faillite. Il trouve à s'employer. Il est courageux. Mamie, son handicap en étendard, intègre la Sécurité sociale comme gestionnaire des pensions d'invalidité. Et puis les parents quittent Paris pour Orly où viennent de sortir de terre de grands ensembles immobiliers. Enfin un logement à eux, un bel appartement au huitième étage. On respire. Jeanne étudie à l'institut d'Arsonval. Elle rêve de voyages. L'été, elle travaille à la poste pour financer ses escapades. Elle obtient vite son diplôme et son premier salaire. Elle file dans le vent. Elle fredonne des chansons légères sur son Solex. Après Israël, elle aurait aimé découvrir la Sicile avec Cathy, l'amie de toujours.

Et depuis, dans chacune de ses nuits, les pieds ensanglantés de Jeanne irriguent les racines de l'arbre auquel elle s'est adossée. C'est là, dans la forêt de ténèbres, que la jeune femme qui n'aura aimé que dans la douleur est venue achever sa course. Le large tronc de ce chêne vert et majestueux désormais la vertèbre. Jamais plus elle ne courbera sa frêle silhouette sur aucun lit ni sur aucun berceau. Ses bras en croix ne s'ouvriront plus pour l'étreinte. Elle n'embrassera plus que des ombres et quand, à sa mémoire, perleront les souvenirs, elle fera souffler un vent violent pour les en éloigner. L'écorce de l'arbre la protège.

Cependant de grands chagrins silencieux affleurent parfois dans la ramure. Des visages d'hommes dont le soleil a bruni la peau surtout s'agitent dans ses branchages, font vibrer ce bois sec et odorant et menacent de tonnants concerts. Voilà que de nouveau résonnent les promesses de celui dont elle avait fait son prince. Sa bouche offre les baisers de miel. Ses mains tendent les parures de l'épousée. Jeanne pour le fuir s'enfonce dans la futaie. Libéré de l'écorce, le corps, hier meurtri et emmuré, aujourd'hui ne lui appartient plus. Comme ceux des wilis ensauvagées de la légende allemande, ses pieds s'affolent dans les sous-bois et la danse la rend pour un temps à une vie qu'elle croyait oubliée. Pauvre fiancée morte au jour de ses noces, intranquille sous l'épaisse robe brune, dans son cœur éteint, dans ses pieds morts, est resté cet amour qu'elle n'a pu satisfaire pendant sa vie. Et à minuit, elle se lève pour retrouver ses sœurs sur la grande route, mais c'est Yacine que toujours elle reconnaît. Leurs corps se cherchent, se frôlent puis se chevauchent et l'on ne saurait dire s'ils dansent ou s'ils combattent. Leurs pieds tantôt s'élancent vers les cimes, tantôt frappent le sol qui craquèle. La nuit se colore et vibre de leurs assauts. L'écorce se fendille et l'on reconnaît au matin entre les brindilles et la mousse de petites plaques détachées du tronc. Qui prend le temps de s'aventurer devine, ici ou là, l'œil qu'un branchage cassé a laissé saillant. De petites boursouflures ovales rappellent les blessures du lointain.

Il y a une vie dans cet arbre mais elle est invisible. Des bourgeons pourtant ont tenu leurs promesses. Ils ont fleuri en silence, l'un d'eux, trop vite fané, à jamais disparu.

99.

Deux routes parallèles jamais ne se peuvent rencontrer. Couchés l'un à côté de l'autre, jamais nos corps ne s'effleurent. Quand la guerre est finie, chacun de nous reprend sa respiration ailleurs. Nos blessures ne sont pas les mêmes. Le corps de mon frère est balafré, le mien indemne. Mes cicatrices sont intérieures car je suis l'Épargnée. Ta colère s'abat sur les épaules d'Elyas, elle ronge mon cœur mais cela ne se voit pas. Je suis une route, rectiligne, qui me conduit du collège de la ZUP où je brille au milieu de tous ceux-là qui se foutent d'apprendre que la vie est un sublime mystère jusqu'à l'agrégation de lettres. Sans respirer.

Mon frère fuit, sans boussole et sans nord. Les orties des talus blessent ses chevilles mais ses plaies imparfaitement cicatrisent. Sa démarche capricante, pourtant, laisse soupçonner les blessures qu'il recouvre de mensonges. Il y a bien longtemps déjà que ce n'est plus à vélo qu'il part. Plus même au volant de ses voitures qui n'étaient pas davantage les siennes que ces vies inventées le temps de séduire, de ville en ville, des femmes à qui faire des enfants et à abandonner au matin, au bord du chemin, défaites. C'est à pied qu'il franchit la ligne qui pointille sous le soleil accablant. Jusqu'à s'effacer. À l'heure où je trace ces signes sur le papier et où mon corps se couvre de motifs qui disent l'héritage tunisien longtemps enfoui, Elyas a disparu. Est-ce de n'avoir pas su te déposer dans tes terres carthaginoises que ses épaules se sont fléchies, son corps alourdi jusqu'à s'enliser dans le sable, en être entièrement recouvert ?

Je cherche. Des traces de pas, de sang séché. Je cherche. Une fosse devant laquelle m'incliner, faire perler à mes lèvres des formules inventées dans les jeux de ces enfants qu'on n'a pas pu être. Je cherche un lieu où le pleurer. Et je suis seule devant cette béance, devant le silence de ma mère. Avec mon texte pour épitaphe.

Elyas a disparu. J'ai cherché vainement et vainement exploré ma mémoire pour conclure aujourd'hui : les rares images du passé s'effacent et il n'y en aura pas d'autres. De mes mains, j'ai creusé. La terre sous mes ongles et mes doigts gourds, la terre infiltrée dans les petites stries recouvertes d'un filet de sang jamais ne me parlait de celui qui n'aurait pas dû naître et que, de toutes mes forces, j'ai appelé. Partout j'ai cherché. J'ai parcouru la banlieue grise où nous sommes nés tous les deux à quatre ans d'écart. J'ai rassemblé un petit bracelet de plastique sur lequel on pouvait lire son prénom et sa date de naissance, 04/11/73, un album de photographies prises à la maternité dont la couverture est vieillie mais les clichés intacts sous leur film plastique gondolé, aussi le souvenir d'un lion en peluche perdu au square Savorgnan-de-Brazza, peut-être envolé avec l'explorateur vers des lieux plus cléments, un pyjama aux rayures bleues, jaunes et orange rapporté par maman à la sortie de l'hôpital, un lit d'enfant aux barreaux de bois clair et aux pieds duquel mon grand-père avait attaché des parpaings de ciment pour immobiliser sa course et éviter que déjà mon frère ne s'enfuie.

J'ai arpenté la Tunisie où s'était replié le couple abîmé de mes parents. J'y ai trouvé des feutres aux bouchons mâchonnés qui lui avaient valu une mémorable raclée et une punition terrible. Je l'ai revu, marchant au soleil, les mains sur la tête, tournant jusqu'à l'épuisement autour du puits et répétant qu'il ne serait jamais qu'un vendeur de pastèques. Un costume bleu dans lequel il s'est marié avec la petite voisine Céline dont il était amoureux, un pull rouge et blanc tricoté par mamie pour le couvrir dans l'hiver qui n'en est jamais tout à fait un dans le sud tunisien. Un petit vélo rouge sur la route de Sfax.

Les images de mon frère ont disparu à Dordives, dans la maison de mes grands-parents où nous nous sommes échoués et où s'est achevée notre mortelle enfance, pleurant aux fenêtres les départs de notre mère vers son bourreau, frémissant de l'angoisse de ne la revoir jamais. Les images dès lors se font de plus en plus rares : la silhouette massive de mon grand-père en chemise de coton blanc, sortant du sommeil mon frère de cinq ans pour éviter qu'il ne mouille ses draps dans les nuits terribles qu'il traversait seul dans un lit trop grand, la poitrine de ce petit corps assoupi lentement soulevant les draps dans le canapé-lit.

Ai-je effacé le corps meurtri de mon frère sur qui pleuvaient les coups les soirs de grande colère ? Ce corps chétif était-il à ce point amoché pour que j'en détourne le regard ? Comment se peut-il que ma mémoire ait évacué l'image des deux petits gisants allongés dans le même lit, retenant leur souffle ensemble, fixant leur regard au plafond pour se perdre dans les détails d'un papier peint aux arabesques marron et n'entendre pas le bruit et la fureur de leur père dans la pièce voisine, les cris de leur mère tabassée, traînée par les cheveux sous la douche que tu la forçais à prendre habillée parce qu'elle était sale cette pute et que son corps de chienne sentait mauvais et que tu avais honte et que tu allais la noyer et la découper et couvrir les murs de dessins tracés par tes mains ensanglantées ? Où était mon frère au matin qui a suivi la nuit de feu ?

Je suis allée au collège mais lui, qu'est-il advenu de lui ? Maman a vomi les cachets avalés dans la nuit. Les pompiers sont venus. Qui d'autre ? Quel spectacle s'est à jamais imprimé sur sa rétine et lui a fait ce regard de fou ? Qu'est-il arrivé à celui qui, après Chalon, ne savait plus dire comment il s'appelait, ne savait pas écrire, ne savait pas compter, ne pouvait pas parler, ne savait que mentir, fuir, boire, fumer des joints, emplir son nez de poudre blanche, s'accrocher aux bras des filles et des femmes qui le tenaient un moment exilé de sa folie, s'enfoncer dans le cynisme, fracasser son corps et ses rêves aux portes amies, salir tous ceux qui voulaient l'aimer, abandonner, disparaître ?

Je comprends aujourd'hui la raison de cette amnésie. Je n'avais pas cherché au bon endroit. Je m'entêtais à fouiller hors de moi mais c'est en moi que se loge mon frère, ce membre dont j'ai été amputée et dont l'absence persiste sous la forme d'une obsédante douleur. J'en ai longtemps ignoré l'origine, l'étendue et le remède. Elle était là, sourde d'abord puis de plus en plus insistante. Elle cliquète, cogne ou geint, parfois elle crie mais toujours se heurte à l'absence. Cette douleur du membre fantôme a été ma compagne, ma sœur, ma raison de me lever, de continuer, de pleurer aussi, toutes les larmes endiguées de mon enfance. Bien long est le temps que réclame le cerveau des amputés pour s'adapter à l'interruption de ses connexions avec les capteurs sensoriels du membre disparu. Les savants parlent d'algohallucinose. Les nerfs pourtant sectionnés, des douleurs peuvent survenir sous la forme de brûlures et de décharges électriques dans leur membre disparu. Il n'y aura pas de deuil.

Je porte en moi le corps de mon frère fantôme, et en moi les roses dont j'ai couvert sa tombe parfois embaument souvent me piquent.

100.

Je suis la tête coupée qui te parle. Je suis le livre de tes remords. Je suis l'absence et la présence, le rendez-vous de ta mort et de ma vie. Je suis l'auteur de tes jours. J'écris les huit lettres de ton nom que j'ai longtemps porté dans la honte, et je le tiens très haut. Je dis je suis là. J'enflamme ta mémoire flétrie. Je te traque dans les palais clinquants où tu t'es replié après la chute, au milieu de femmes qui parlent ta langue et des mosquées aux tapis desquels tu uses maintenant ton front. Aujourd'hui, mes cheveux défaits ondulent à mes épaules. La peau mate de mes poignets s'est couverte de dessins berbères. Le khôl qui souligne mes yeux noirs fait mon regard perçant. Mes seins lourds sont ceux de tes sœurs et de ta mère. J'ai cessé ma course et lentement je marche vers toi. Avec la fierté retrouvée, avec l'assurance dont tu m'as privée, avec les mots que j'ai appris. Je suis venue te dire.

Zohra, seule, peut-être te savait mais elle était le silence. Moi, je peux t'écrire.

J'ai entendu les cris de ta mère, j'ai senti sa chair déchirée à ton passage, j'ai surpris son sourire triste quand elle a reconnu la marque à ton front. Je t'ai suivi dans tes jeux avec les enfants du quartier. Je t'ai vu courir après les ballons de cuir, embrasser tes frères dans la victoire et donner des coups de pied dans les murs les jours de défaite. Je t'ai vu vif et studieux à l'école que tes camarades ne fréquentaient qu'à regret, appelés ailleurs par le soleil, les filets sur la plage et puis les filles, les belles Européennes au teint pâle, celles des feuilletons que tu regardais en cachette avec tes sœurs quand la lucarne ouvrait d'autres rêves que ceux des Égyptiennes aux cœurs brisés et aux douleurs ineffables.

Je t'ai vu chercher ta plus belle chemise, soudoyer Fadila ou Naïma pour qu'elles lissent tes cheveux crépus. Je t'ai entendu réciter Baudelaire et chanter Gainsbourg. J'ai vu tes efforts pour saisir agilement les fourchettes et les couteaux, tamponner d'un air distingué ta serviette de table sans y laisser la moindre trace. Je t'ai vu effacer ton accent, oublier ton histoire, en apprendre une autre, connaître le fonctionnement des institutions, porter des combats qui n'étaient pas les tiens, oublier ta langue, fumer le cigare et boire du vin et des alcools forts, apprendre les grands crus, les cépages, les meilleurs millésimes, faire tourner délicatement dans le verre le liquide jaune ou brun, apprécier la subtilité des assemblages, décerner des prix, avoir honte de tes parents arrivés à l'aéroport d'Orly encombrés de paquetages improbables, les bras chargés de cadeaux ridicules, parlant fort, t'embrassant à t'étouffer. Je t'ai vu te glisser dans le lit de

Jeanne, lui faire découvrir des contrées inconnues, user sa chair et son âme dans des plaisirs insoupçonnés et puis l'empoisonner au feu de promesses jamais tenues, au bruit et à la fureur de tes pas résonnant dans tous les territoires intimes. Je t'ai vu saccager ses rêves. Je t'ai vu piétiner sa vie et la nôtre, faire de mon frère un fantôme, faire de maman une bête traquée, faire de moi une bête à concours, une fille comme il faut qui lisse ses cheveux, réussit au Capes et à l'agrégation, épouse des hommes fades et blonds pour n'avoir pas à te retrouver, n'avoir pas à admirer. Je t'ai vu fuir un soir d'été, devenu bête toi aussi, ne parvenant plus à te cacher sous l'épais manteau de tes mensonges, découvert, chassé. Je t'ai retrouvé longtemps après ta fuite. Et tu étais assis, au milieu de ceux dont tu parles la langue, entouré de nouveaux enfants dans une vie recommencée. Dans les odeurs de l'été, dans le sud tunisien, tu as bredouillé des mots que je ne comprenais pas. Tu t'es flatté de mon parcours et ton regard opaque s'est perdu. J'étais encore trop jeune et lisse pour te dire. Recouverte de sable, j'ai trouvé une boîte de Gardénal entamée dans ta voiture minable. Je l'ai jetée dans une poubelle de la gare où tu m'as reconduite. Je suis retournée à ma vie parisienne. Je t'ai laissé dans le désert, je me suis envolée, gardant le souvenir de tes yeux délavés et de la marque au front que t'impriment les prières où tu supplies Allah de te pardonner.

101.

Mai 2023

Il me faut maintenant replacer les clichés radiographiques dans les grandes enveloppes brunes d'où je les ai extraites il y a bientôt un an. Je pose mes doigts sur les images du corps brisé de ma mère. Je m'efforce de ne pas en noircir les bords, de ne pas opacifier les coins de ces rectangles de film fin, de ne pas me blesser non plus, de ne pas laisser de traces en somme. Rendre au silence les photos dont est né ce récit, aujourd'hui que j'ai repoussé les frontières du visible.

J'ai parcouru les catacombes, paupières gonflées, de lointaines chansons affleurant parfois à mes lèvres abîmées. J'ai déambulé dans les allées d'anciennes sablières, une lampe à la main dont le faisceau hésitant m'empêchait de voir où je posais les pieds. J'ai trébuché sur des ossements que je ne savais pas nommer, dans lesquels je peinais à reconnaître le corps d'une femme terrassée par la furie de son époux. Égarée dans les allées souterraines, j'ai dispersé les larmes. J'ai ramassé des os aussi parfois.

Les plus petits. Je les ai entreposés dans le cartable dont la poignée de cuir raide usait mes doigts d'enfant. Je les en ai sortis, ensuite, lentement, un à un, dans la solitude des chambres obscures où je me perdais dans les livres à l'heure où d'autres jouent ou rêvent. J'interrompais mes lectures parfois. Je lançais dans un mouvement prudent l'étrier, l'enclume et le marteau. Je les empilais en un improbable édifice ; il se tenait debout, vacillant mais debout, et offrait à mon regard l'histoire de blessures ravivées que je couchais sur le papier à la clarté des lampes pour n'avoir plus à en souffrir. Parfois, l'édifice s'éboulait avant que je ne trouve les formules pour en fixer l'existence à jamais. Souffle court. Je cherchais les mots. Ne respirez plus. Ils échappaient parfois. Surgissaient des chants et des cris.

Aujourd'hui, j'emplis grand mes poumons d'un air nouveau, ma voix s'est faite plus douce. Je ne crains plus l'éblouissement. Respirez madame. Tout autour de moi dit : je suis vivante. Anima !

102.

Septembre 2001

Tout est blanc comme dans un rêve. La lumière dans laquelle j'entre avec confiance, le sourire de la femme qui m'accueille et me guide, la table où m'étendre. La plante de mes pieds nus, encore dorés par l'été que je viens d'achever dans le grand vent du Pays basque, rencontre les marches de métal frais. Allongez-vous, madame. J'ai ôté mon pantalon mais conservé ma culotte. Mon ventre arrondi dans cette lumière est ma fierté. J'entrouvre le chemisier et découvre mon opulente poitrine. Une main chaude applique sur mon corps dénudé le gel aqueux qui favorisera la transmission des ultrasons. J'entends battre deux cœurs. Il me semble reconnaître dans les vibrations qui se répondent une vieille chanson. C'est celle des mères qui savent apaiser les chagrins des fils surpris par la nuit. La voix douce se fait murmure, son souffle soulève le rideau transparent du berceau où je rejoins l'enfant que je porte. Mes yeux se tournent vers l'écran. Une mire d'abord. Quelques points d'un camaïeu de gris pâlissent jusqu'à se tapisser de sable.

Je souris au minuscule visage que je distingue entre les grains. Au front de ma fille, immaculé, toute tache a disparu.

103.

Échographie obstétricale du 10/09/2001 (2e trimestre)
Examen réalisé sur un échographe GENERAL ELECTRIC Voluson 730 mis en service le 12/01/2001

Zone d'examen : abdominale. Conditions de l'examen : correctes

Mona HAMRHANI 04/01/1970 (31 ans) 77400 Thorigny-sur-Marne

IMC : 19,4

DDR : 15/04/2001 DDG théorique : 30/04/2001 soit un terme théorique de 24 SA + 1 J

DDG déterminée par échographie T1 soit un terme théorique de 22 SA + 3 J

Antécédents

— Gynécologique : 1 geste
— Grossesse en cours
— Clarté nucale : 1,6 mm Longueur cranio-caudale : 62,1 mm
— 1/9839. PAPP-A : 2,62 MoM. BhCG : 1,66 MoM.
— Fœtus unique

— Présentation
— Siège décomplété, dos à droite puis à gauche
— Vitalité
— Activité cardiaque : présente et régulière.
— Fréquence cardiaque : 154 bpm.
— Mobilité : Mouvements actifs présents et spontanés++

Biométries
— Diamètre bipariétal : 54,30 mm
— Périmètre crânien : 194,80 mm
— Périmètre abdominal : 181,10 mm
— Fémur : 40 mm
— Poids estimé +/- 15 % : 529 g

Morphologie
— Crâne : la boîte crânienne a une forme habituelle.
— Structures cérébrales : structures médianes en place. On visualise le cavum du septum lucidum. Les ventricules cérébraux sont d'aspect normal. Le cervelet et la grande citerne sont d'aspect normal.
— Face : profil d'aspect habituel. Lèvre supérieure d'aspect habituel.
— Thorax : les aires pulmonaires sont homogènes. Le thorax est de forme habituelle. Les coupoles diaphragmatiques sont d'aspect habituel.

— Cœur : cœur en position normale. Présence de 4 cavités équilibrées. Les gros vaisseaux sont normalement posés et d'aspect habituel. Il n'y a pas d'anomalie du rythme cardiaque.
— Paroi abdominale : paroi antérieure fermée.
— Appareil digestif : estomac en place, de taille normale. Intestin d'aspect habituel.
— Appareil urinaire : vessie de taille et d'aspect normaux. Les 2 reins sont en place, d'aspect habituel. Absence de dilatation des cavités pyélocalicielles.
— Rachis : suivi sur toute sa longueur, sans défaut de fermeture décelable.
— Membres : les quatre membres sont vus sur leurs différents segments.
— Organes génitaux externes : féminins d'aspect habituel.

Doppler ombilical IP : 0,97 ; IR : 0,65

Annexes
— Désinfection des sondes selon le protocole du Service 2021-V1
— Liquide amniotique de volume normal pour le terme
— Placenta : antérieur non bas inséré
— Cordon : 3 vaisseaux au cordon

— Dopplers utérins droit : IP : 0,85 ; gauche : IP : 1,23 ; IR : 0,54 ; IR : 0,65

Conclusion

— Grossesse unique intra-utérine évolutive au terme échographique de 23SA+3J
— Début de grossesse pris en compte le 27/04/2001 (+/- 5 jours)
— Bonne vitalité. Croissance fœtale satisfaisante pour le terme. EPF 529 g au 56° percentile (biométrie entre le 36°P et le 64°P)

Présentation

— Siège décomplété, dos à droite. Placenta antérieur non bas inséré, liquide amniotique normal. Absence d'anomalie morphologique décelable ce jour, étant donné les conditions d'examen.

Prochaine échographie à réaliser vers 32 SA (vers le 11/11/2001).

ÉPILOGUE

L'air est noir. La pièce où je pénètre est tendue d'une tapisserie sombre. En face de moi, le visage souriant d'une jeune femme m'invite aux confidences. Je suis installée sur le sofa jaune où j'ai d'abord eu la tentation de m'allonger. Mes yeux détaillent les murs du salon couverts de dessins géométriques puis plongent dans les siens. Aïda m'écoute raconter ma Tunisie. Plus tard, elle me dira la sienne Elle a besoin de recueillir mon histoire avant de la tracer à l'encre sur ma peau. Mes yeux, désormais familiarisés avec l'obscurité du lieu, détaillent les objets posés sur des meubles choisis, reconnaissent des parures. Alors du petit pays si longtemps oublié reviennent des images, retentissent des voix et vibrent des corps. Je dis d'abord ma grand-mère, son regard noir, ses tempes et son menton creusés de sillons bleus, l'absence de son corps sous le voile blanc ou le foutah rayé d'or des grandes occasions, les fibules et les lourdes boucles qui déforment le lobe de son oreille gauche. Un large trou témoigne des années à porter ces bijoux de fête dans une vie où elle a pourtant davantage tremblé que ri et dansé.

Je reconnais les dessins de son visage peints aux murs du salon d'Aïda. Elle a ôté ses bijoux. Sa chevelure noire s'est déployée dans la prière, sa tête inclinée sur le sol, les mèches de ses longs cheveux échappés s'attardent sur le tapis lorsqu'elle relève la tête pour implorer Allah. Depuis la chambre où je l'entends psalmodier, je lui découvre une voix que je n'avais jamais entendue. Elle chante. J'observe assez longtemps l'index de sa main gauche effectuer un petit mouvement circulaire et régulier que je n'ai jamais réussi à reproduire. Il est difficile de désolidariser ses doigts, de rendre leur autonomie à chacun d'eux. Tous les miens bougent ensemble. Ses mains ornées replacent les cheveux sous le voile, découvrant l'oreille déformée. Je m'engouffre dans le trou de cette oreille. Je pénètre à l'intérieur de Zohra. Je connais aujourd'hui les secrets de cette femme qui ne fut pas toujours vieille et qui ne m'a jamais parlé. Ils sont devenus miens. L'écriture m'a conduit vers elle et cette terre d'où je viens. J'ai appris la Tunisie dont je ne savais presque rien, je me suis engagée sur les traces d'une famille qui est mienne malgré tous les efforts entrepris pour oublier. Elle était là, intérieurement et sous la peau. Elle surgissait de temps à autre et je l'étouffais, la muselais dans le travail et les fables que je m'inventais pour n'avoir à répondre de rien, surtout pas de mon identité, moins encore de mon terrible héritage. Aïda est devant moi, elle me sourit en silence. Je raconte la Tunisie des étés de torpeur et de cris. Je dis le ventre noué, les fuites et les fractures. Je dis l'effacement. Devenir invisible, n'être plus qu'une muette silhouette. Garder les blessures à l'intérieur, farder les stigmates, étouffer les sanglots, ne pas y parvenir parfois et pleurer longtemps dans le silence d'une chambre, au sortir d'étreintes qui laissent mon corps pantelant, mes bras vides, mon cœur fané dans la peur de l'abandon.

Je dis aussi le retour vers la Tunisie. Le premier. J'ai vingt-huit ans, une maison dans la banlieue de Paris, un concours prestigieux dont je suis sortie majore, un poste de prof dans un lycée où je travaille à éveiller des consciences, un chien qui fête bruyamment chacun de mes retours, des amis drôles, un mari épousé pour ne plus porter le nom de mon père, une belle-famille dont je fais la fierté mais un ventre désespérément vide d'enfant.

Il m'a fallu m'allonger de longues semaines sur le divan d'une femme à la voix grave et au fort accent chilien, convoquer les fantômes pour comprendre la béance dans mon corps. J'ai cherché mon père, l'ai trouvé dans le sud tunisien, lui ai écrit une courte lettre, j'ai dit je viens, il a dit oui.

« *Mesdames, messieurs, la température à Tunis est de 35 °C. Nous vous souhaitons un agréable séjour et vous remercions d'avoir choisi Air France...* »

Mon père m'attend avec une femme jeune que je ne connais pas. Il est bien plus petit et plus brun que dans mon souvenir. Il sent le tabac, ses doigts jaunis allument les cigarettes l'une après l'autre. Il roule les r, je l'entends me dire qu'il est heureux que je sois là. Je ne reconnais pas cette voix. Peut-être ne m'a-t-il jamais parlé ? Nous montons dans sa voiture pour une destination inconnue. Les mots sont rares. Je suis à l'arrière. Il a laissé la fenêtre côté conducteur ouverte. L'air est noir. Le vent est chaud malgré l'heure tardive. Il conduit nerveusement, se concentre sur la cigarette qu'il ne parvient pas à allumer à cause du vent qui s'engouffre et de l'allure assez vive de la voiture désormais lancée sur une voie rapide. J'ai peur. Je ne veux pas mourir dans cette nuit tunisienne. J'ai accompli tout ce chemin pour parler et je me tais ramassée sur la banquette arrière d'une R5 minable. Nous arrivons à Hammam Sousse après deux heures de route. J'ignore chez qui, j'ignore pourquoi. Des inconnus m'ouvrent leur porte, m'offrent les gâteaux de miel, s'étonnent de mon étonnement devant les figues de Barbarie que je ne sais pas identifier, que j'empoigne à pleine main et qui laissent leurs imperceptibles aiguilles sous ma peau. Nous rions avec ces hommes et ces femmes qui sont mes cousins. J'essaie en vain de retirer les épines, elles gênent et caressent à la fois. Nous ne parlons de rien, assis dans le sofa sous le portrait souriant de Ben Ali. Je ne comprends pas ce que je fais là mais je m'apaise au contact de ces gens qui s'activent pour me plaire, de ces enfants qui me regardent, de cette fillette dont les mains s'égarent dans mes cheveux courts et qui regarde avec envie les bijoux que je porte aux poignets. On m'ouvre la chambre la plus belle de la maison. Au matin, mon père et sa femme sont partis pour Gabès. Je les y rejoindrai plus tard. Il nous fallait sans doute un territoire neutre et un temps long avant de nous retrouver dans le sud où mon père a recommencé à vivre après le désastre. Comment traverser quinze ans de silence ?

Je m'allonge sur les plages d'Hammam Sousse, longtemps, j'erre seule dans les souks, m'y perds. Loin des quartiers touristiques, je découvre des femmes mauresques ou berbères dont la peau brune dénudée et tatouée invite au sexe. J'aime le sabir dont elles haranguent les hommes, ils longent les murs, ceux-là, et couvrent leur visage avant de céder bruyamment au plaisir. Je marche dans les rues sales, je les entends encore, je m'emplis d'une Tunisie retrouvée dans les slata mechouia, dans les visages muets, le cliquetis des bracelets, les mains fortes qui saisissent les poivrons et les grenades, les yeux cernés de khôl qui m'interrogent quand je les croise sur les marchés. Un matin, c'est décidé, je pars.

Direction Gabès. Le wagon de seconde classe où je monte sent l'urine et le tabac. Je m'installe à la fenêtre, pose mon sac sur le siège resté vide à mes côtés, je ne veux pas de voisin pour cette traversée. Le train finit par s'élancer poussivement avec un retard de près d'une heure. Bientôt on quitte Sousse, on s'éloigne des complexes hôteliers et des plages. Je cherche à lire le nom des oueds, je voudrais reconnaître des lieux traversés en voiture dans mon enfance, lorsque nous quittions le sud à bord de la CX de mon père et que mon ventre se nouait jusqu'au Bardo, mais rien ne revient. À l'invitation des contrôleurs qui me parlent en arabe, je tends un passeport à la couverture bordeaux, ils s'en saisissent et s'en indignent. Avec le nom que je porte, je ne peux pas être francaoui. J'arrive enfin à Gabès, le petit homme brun qui est mon père attend sur le quai. Je descends du train, des fourmis engourdissent mes jambes. J'ai envie de pisser et de vomir.

Je retrouve la R5. Cette fois je monte à l'avant. Mes genoux heurtent la boîte à gants qui s'ouvre à chaque virage et que nerveusement mon père tente de refermer, lâchant le volant d'une main, faisant à chaque fois dévier la voiture de sa trajectoire. Ses doigts alors me frôlent, je retiens un geste de recul, je finis par m'imposer une inconfortable posture qui évitera l'ouverture impromptue de ce petit coffre où n'ont jamais été entreposés de gants et où je découvrirai plus tard des cachets de Gardénal. La route se fait piste. Dans la poussière, des mains amicales se lèvent au passage de la voiture du toubib. Les palmiers-dattiers s'inclinent. Des hommes s'activent à cueillir les fruits encore jaunes et amers dont on fera la thibarine[1]. Je distingue tantôt des yeux, tantôt des bras, ces hommes-arbres nous font une haie. Nous arrivons à Chenini-Tataouine. Je descends de la voiture qu'entoure

1. Alcool de dattes.

une horde d'enfants. Mon prénom sur toutes les lèvres. La femme de mon père m'ouvre ses bras puis me guide vers ce qui sera ma chambre et me désigne la salle de bains. Je m'attarde longtemps sous la douche dont le filet d'eau est intermittent. Je sors et rejoins le patio où sont assises des femmes de tous âges. Certaines gardent le silence, d'autres me pressent de questions dans une langue d'où s'échappent quelques mots en français. Mon père a disparu. Il donne ses consultations de l'après-midi. Il ne rentrera qu'à la nuit tombée. Je m'entends répondre. Oui, je suis mariée, non, je n'ai pas d'enfants, non, ce mari, qui ne l'est plus pour longtemps, n'est ni tunisien ni français, oui j'aime la Tunisie, non je ne parle pas arabe, je n'ai jamais appris cette langue, c'est bien dommage et oui, j'apprendrai à écrire mon prénom, oui elle me ressemble cette petite fille brune de huit ans, Meriem, qu'on dit être ma sœur, je veux bien aller me baigner, je ne me souviens pas de l'hôtel Chems, je suis heureuse d'être invitée au mariage de cette lointaine cousine, j'irai chez le coiffeur mais ne tiens pas trop à couvrir mes mains de henné, mais je veux bien aller discipliner mes cheveux courts. Pour l'heure je voudrais voir ce père que je suis venue chercher aux portes du désert. Je veux lui parler. Il échappe. La nuit arrive enfin. Je suis heureuse de me glisser sous les draps qui sentent la fleur d'oranger.

Au matin, je rejoins mon père dans son cabinet rue Halima-Essadia. Je m'assieds face à lui. Un large bureau nous sépare. Ses mains se saisissent d'un stylo qu'il fait tourner et qu'il ne pose que pour allumer une cigarette. La fumée brouille un peu son visage. L'odeur des Fontenoy sans filtre ravive mes treize ans. Je me saisis du briquet, je porte à mes lèvres une Rothmans bleue et je me lance.

Les mots d'abord poussifs se bousculent maintenant. Je suis venue percer le silence, je suis venue dire l'indélogeable souffrance, je suis venue me placer sous le regard aujourd'hui fuyant de celui qui laboura mon enfance de ses cris et des coups qui tombaient drus sur ma mère et sur mon frère, les laissant au sol dans les larmes la morve le sang l'urine la peur. Je suis venue dire mes blessures invisibles, je suis venue dire ma culpabilité d'épargnée mes nuits sans sommeil les années à retenir mon souffle à pleurer en silence à guetter ses pas dans les nuits à scruter son regard fou à espérer sa mort à l'appeler de mes vœux à le sentir debout sur mes paupières à le voir s'inviter et gâcher toutes mes fêtes à m'empêcher d'enfanter à m'interdire d'aimer à sombrer dans le silence à tordre mon corps de douleur à m'abandonner aux vautours à reconnaître en moi sa colère à m'horrifier. Mon père ne répond pas. Impuissante la secousse de mes mots, ses yeux dans le lointain ouvert par le Gardénal.

Au matin, je l'ai laissé sur le quai de la gare. Je n'ai pas pu entrer dans ses bras ouverts pour l'étreinte. Il est devenu de plus en plus petit dans la vitesse du train. Je ne l'ai jamais revu. Il me reste de lui un point minuscule, d'un noir de jais, à la jointure de ma main et de mon poignet droit.

Mes yeux retrouvent ceux d'Aïda dans le salon de Nogent-sur-Marne où elle me reçoit ce soir d'hiver. À son tour, la presque sœur enroule sa Tunisie dans les mots et les images. Puis surgissent les chevrons pectinés, les croix, les losanges et les petits cercles dont elle s'apprête à orner la face externe de mon avant-bras, *zend*[1], et le dessus de la main qui écrit ces mots. Mais ce n'est pas pour éloigner le mauvais œil que ma peau va se teinter de noir. J'emprunte aujourd'hui avec confiance ce chemin au milieu des palmiers *Jrida*[2]. S'ouvre pour moi une forêt de symboles. Mes pieds nus ne redoutent ni les scorpions ni les araignées. Je marche sur les épines d'acacia et les feuilles d'agave dont je ne retiens que le parfum. Mon corps palimpseste bientôt se couvre des « broderies de Bédouin » que portait ma grand-mère. Je la rejoins auprès du *kanoun* qu'elle attise d'un geste sûr. Me revient un vieil air que je fredonne pour moi seule. Je m'endors dans l'encens. Mon corps allongé sur la table d'Aïda. *Ouachchâm*[3]. La pointe de la *mechelta*[4] qu'elle tient d'une main agile sillonne jusqu'à mon cœur. Apaisé. Enfin.

---

1. « La face externe du bras » en arabe.
2. « Le palmier » en arabe.
3. « Artiste tatoueur » en arabe.
4. Tige d'acier biseautée servant à réaliser les tatouages.

L'armure protectrice, tatouage amazigh qui orne mon bras droit.

NOTES

Les tatouages berbères dont il a été question ont fait l'objet de descriptions scientifiques. Celles dont je me suis inspirée datent de 1936 et sont dues à J. Bouquet qui leur a consacré un article publié dans *La Revue d'histoire de la pharmacie* n° 93. Il appuie ses analyses sur un corpus de dessins à main levée dont l'un d'eux, celui que je porte au bras droit, est reproduit en couverture de ce livre.

Ce sont surtout les paysannes qui arboraient ces tatouages, encore appelés péjorativement « broderies de Bédouin » ou « vêtements de campagnards » par les citadins, chez qui ils étaient passés de mode dans le premier tiers du XXe siècle.

On leur reconnaissait trois fonctions principales : une fonction thérapeutique, une fonction magique et une fonction décorative. Ce sont les deux derniers usages qui ont retenu mon attention. La peau des hommes et des femmes s'ornait de dessins aux motifs géométriques très signifiants. Réalisés par le tatoueur (*ouachchâm*) qui se déplaçait de douar en douar, à l'origine au moyen d'épines d'acacia ou de feuilles d'agave puis avec une lancette (*mechelta*), ces tatouages avaient vocation à éloigner le mauvais œil, à attirer prospérité et fécondité. Les scorpions et autres araignées figuraient en bonne place dans un bestiaire stylisé, au milieu des palmiers (*jrida*). Selon leur localisation, sur le visage, les mains, les faces interne ou externe de l'avant-bras, les jambes, les tatouages représentaient autant d'armures protectrices et/ou d'invitations à l'amour.

Aujourd'hui, il ne reste que peu de ces femmes dont le visage et le corps ont été tatoués avant leurs noces à l'initiative de leurs mères puis de leurs prétendants. En Tunisie, ces tatouages préislamiques ont même été déclarés impies (*haram*) et les corps vieillis et recouverts de dessins se dissimulent, cherchent à s'effacer. Dans le même temps cependant, la jeune génération, celle qui s'est levée avec le Printemps de Jasmin, par souci de préserver l'héritage, dans un geste à la fois symbolique et transgressif, réinvente ces motifs, les empêche de sombrer dans l'oubli. De jeunes femmes épousent cette profession jadis réservée aux hommes et dessinent sur les peaux une histoire, unissent par les traits le passé au présent.

Je salue ici le travail de Manel Mahdouani découvert à la faveur du documentaire *Tunisie, L'Art du tatouage berbère* produit par Geo 360° et ARTE, et celui d'Aïda Kashmir qui recouvre ma peau.

REMERCIEMENTS

Je tiens à remercier mon amie Nicole Gex, ma si belle « sœur ». Première lectrice à lui trouver un goût de grenade, elle m'a aidé à dégoupiller ce récit. Toute ma gratitude aussi à mon précieux ami Bernard Lehut qui a cru à la force de mon texte encore en gestation et m'a ouvert un chemin d'écrivain. Merci à Grégoire Delacourt pour sa confiance aveugle et ses mots enthousiastes. Merci à Bruno-ma-vie, qui l'a rendue douce, m'a offert un temps apaisé pour l'écriture. Sa lecture experte des radios m'a permis de déchiffrer les clichés opaques qui émaillent mon roman, ses conseils scientifiques ont nourri les pages médicales. Merci à mon autre sœur Olivia, qui a reçu en plein cœur les fragments épars de ce livre. Merci à Marie Grée pour sa présence lumineuse et délicate à mes côtés, notre commune entrée dans la Maison est mon bonheur. Merci à Mahir Guven et à Véronique Cardi, leur confiance me touche, me porte.

TABLE DES MATIÈRES

CRÉDITS CHANSONS

P. 40
« *Al Atlal* » (*Les Ruines*), 1966
Interprète : Oum Kalthoum
Auteur : Ibrahim Nagi
Compositeur : Riad Al Sunbati

Cet ouvrage a été composé par Nord Compo

Imprimé en France par
CPI BUSSIÈRE (18200 Saint-Amand-Montrond)
en juin 2024

pour le compte des Éditions J.-C. LATTÈS
17, rue Jacob – 75006 Paris

PAPIER À BASE DE FIBRES CERTIFIÉES

JC Lattès s'engage pour l'environnement en réduisant l'empreinte carbone de ses livres. Celle de cet exemplaire est de : 650 g éq. CO_2
Rendez-vous sur www.jclattes-durable.fr

N° d'édition : 01 – N° d'impression : 2078210
Dépôt légal : août 2024
Imprimé en France